U0897485

# 送行人

王手 著

浙江文艺出版社

图书在版编目(CIP)数据

送行人 / 王手著. —杭州:浙江文艺出版社,2021.12
ISBN 978-7-5339-6677-5

Ⅰ.①送… Ⅱ.①王… Ⅲ.①长篇小说-中国-当代
Ⅳ.①I247.5

中国版本图书馆CIP数据核字(2021)第228712号

责任编辑 朱 立
责任校对 唐 娇
责任印制 张丽敏
封面设计 有品堂_刘 俊 张俊香
营销编辑 张恩惠

送行人
王手 著

出 版 浙江文艺出版社
地 址 杭州市体育场路347号
邮 编 310006
电 话 0571-85176953(总编办)
0571-85152727(市场部)
制 版 浙江新华图文制作有限公司
印 刷 浙江全能工艺美术印刷有限公司
开 本 880毫米×1230毫米 1/32
字 数 132千字
印 张 6.125
插 页 3
版 次 2021年12月第1版
印 次 2021年12月第1次印刷
书 号 ISBN 978-7-5339-6677-5
定 价 39.80元

# 目　录

# 老　馆

你要是准备好了，我就开始说。

霞飞路还没有从北站那边往西州市主城区延伸过来的时候，是很偏僻的，差不多就是个近郊，这一带的居民，基本上还是农村户口。北站是一个域内汽车站，发出的车并不往外地开，都是去西州市下面的县里，就在西州老城的边上。事实上也确实如此，车站里的班车，带着满身的尘土一辆辆离开的时候，旅客和这个小城的关系也就画上句号了。

这一带的景致我是很熟悉的，我刚到西州的时候，就在这里学修车。周围都是农民的宅院，不是那种徽派的黑白瓦房，也不是那种江南的小楼阁，是那种低矮的、挨家挨户的、四通八达的小平房。这里出名的不是院子的样式，而是这些院子中的宗教活动场所，有天主教的，有基督教的，等等。到了晚上，我们几个修车的工友没事情，就会去那里转转，那些院子，家家户户都关着门，我们侧耳细听，便觉得有沉稳的祷告声透出来，有空灵的赞美诗飘出来。要是踮了脚从窗户往里面看，会看见一屋的男女坐在那里，很专注的样子。我老家那边是没有这样的，我们有自己的交流方式，但没有这样的活动方式。有一次我也好奇地进到里面听，发现他们连说话的方式都不一样。比如在对待死亡的问题上，他们的态度是坦然的，一个信徒的小孩死了，他看上去也不是特别悲伤；就是对于死，他的说法也是不一样的，他说这个小孩是蒙恩了，是奉献给主了。这样的说法，我就很费解，但我觉得这样的态度也挺好，既然逝者已经死了，生者就好好地放下。

这条路白天也有一些热闹的景致。这里有几个著名的工厂。鲤牌剪刀厂，不是以剪刀出名的，而是以工人文工团、以体态标致的漂亮姑娘出名的，这对一个工厂来说是非常难得的，如此一来，这个厂的门口就会经常聚集起很多人，他们都是来看那些漂亮姑娘的。那时候漂亮的姑娘不是很多，所以会有人看热闹，现在就不一定了。还有表带厂，也不是以表带出名的，而是以排队领搭表带出名的。每天一早，这里就会排起长队，都是来领取表带粒子回家装搭的，两块钱一条，一天搭几十条，这对没有工作的家庭妇女来说，也是很有诱惑力的。那种坦克带，当时是非常时髦的，所以生意也不错。还有就是乳品厂，一早就会有很多人鱼贯而入，都是来送瓶装鲜奶的。他们的资本就是一辆自行车，也利用起来赚外快，哗啦啦地进去，哗啦啦地出来，进去时车子是空的，出来时后座上就多了一箱箱瓶装鲜奶，叮叮当当的，再急急忙忙地送到各个居民点去。就像现在的婚礼接送车，或者网约车。

还有就是殡仪馆，在霞飞路到底的地方，在一座小山的前面，在我原来的修车铺对面。如果从车站那边走过来，老远就会看见山上稍稍高耸的小塔。塔一般都建在郊区的山上或水边等地方，可见这里确实是老城的边缘。但人们对这个小塔没兴趣，他们会自觉或不自觉地在意山下的那个殡仪馆。

这个殡仪馆，最初只有接收和告别遗体的功能。一些家庭不愿意把死者遗体放在家里，他们将遗体或从家里拉过来，或从医院拉过来，或从其他地方拉过来，暂时寄放在这里，到时候再过来告个别。那时候，西州还没有实行火化，火化是移风易俗后才慢慢开始的，再后来有了老邱，火化才逐渐地被西州人接受，才慢慢地多了起来，这是很不容易的。所以，那时候，我在修车铺里经常听到的，不是西州的奇闻逸事，也不是哪个知名人士死了，而是西州人保护尸体的壮举，他们护送尸体过关卡，就像战争年代过敌人的封锁线：有的把尸体放在三轮车上，家属坐边上搀着，把尸体当病人，像刚刚从医院里出来一样，吱呀吱呀地骑到墓地去；还有的把尸体竖起来，装在冰箱的包装盒里，像一件新买的家用电器，立在小四轮上，用绳索固定住，嘭哒嘭哒地开到墓地去……那些检查的人，就是有再好的脑子，也想象不到这样的创意、这样奋不顾身的劲头。

殡仪馆的业务好起来，是在西州市治理“青山白化”之后。西州市的市委书记、市长，包括下面县里的县委书记、县长，都带头遵守火化制度了，甚至把家里的坟墓都扒了，再加上有老邱他们的认真工作，老百姓也慢慢地认同了火化制度，就不再逃避，顺其自然了。这样，殡仪馆的负荷一下子就大了起来。告别厅这边三天两头地打架，为什么？前面一家的告别仪式还没有结束，后面一家的时辰又已经到了，这是原则性很强的问题，就好像在边境线上寸土不让。到后来，翠微山上的火化炉也烧不过来了，火化都需要开后门了，殡仪馆就真的显得逼仄了，落后了，不能胜任了。再后来，霞飞路要延伸，要拉直，要和前程路打通，许多单位都被画了红线，殡仪馆也在其中，只好打算搬迁了。

那时候，我已经被宝贵老师“忽悠”了，不在修车铺修车，改去殡仪馆开车了。

殡仪馆是一个书面语，是斯文的叫法。用土话讲就不怎么好听，叫火葬场，听起来有点瘆人，好像旧社会的乱坟岗。对于死者，家属的心情都是很复杂的。一方面，要厚葬，要追思，忌日要祭拜，清明要扫墓，虽然阴阳两隔，却又情愫未断，这样才算有个交代。另一方面，人死了，一了百了，一切都已烟消云散，有些仪式，再怎么弄也是劳民伤财，大家都知道是在走走过场，做做样子，但不做又不行。还不能心不在焉、草草了事，要全心全意、郑重其事，否则就会被人质疑，被人反复提起，甚至会背上不孝或无情的骂名，会被唾沫淹死。

根据我的经验，人死了，还真是不能草草打发的，最好能用足够的时间，让心情慢慢地平复，接受现实，然后才去做善后工作。之所以叫善后，就是要重视，要认真对待，西州人大多都讲究这个，也都是这样去做的。

善后确实是一个大问题，也是一个大学问。有的人辛苦了一辈子，在世时没有享福，死后是一定要让他风光体面的，给他洗个澡，化个妆，精神一点，漂亮一点，虽然不一定都穿上绫罗绸缎，但起码的整洁还是要的。告别仪式也不能马虎，该请的司仪，最好要请，该走的程序，最好都按照规定把它走完。虽然尸体最终都会到火化间走一趟，但火化也是很有讲究的，是个技术问题，所以，给火化间的师傅递支烟，套套近乎，让他在操作时更尽心尽力一些，家属心里也会舒服一点。骨灰盒当然也要选好的，红木的、香樟的，或是紫檀的，这还真的不是装饰，逝者去“那边”，是否会居无定所，或风餐露宿？临走时给他提供一个好的骨灰盒，总是一件令人安慰的事情。墓地虽然也不是经常去的地方，但地址一定要一说便知，这就跟高档小区一样，方向要明白，路要好走；位置还不能太高，不但要朝阳，还要临江；最好边上有一座凉亭，好让来探望的亲人们驻足歇息；还要有一棵“消息树”，高大、显眼，隔老远一眼就能看到，这才有一种“家”的感觉。总之，有这么多复杂的感情，就会有这么多复杂的善后工作。

殡仪馆说起来不好听，但还真是一个不错的地方。它是西州市民政局下属的一个单位，有点“事业单位企业化管理”的味道，和一些窗口单位很像，比如行政审批中心，比如公共事业管理中心，等等。馆里接待大厅的告示牌上就是这么写的：

我们郑重承诺以下服务项目——

1.咨询、介绍项目、商议方案；

2.接收遗体、消毒、清洗、冷藏、化妆（含整容，价格按程度等级定）、穿衣、守灵、告别、火化；

3.出售花圈、花篮、寿衣、寿被、火化用棺木（也叫文明卫生棺）、骨灰盒；

4.代写讣告、挽联、悼词、答谢词（如有宗教信仰需要希望提前告知）；

5.批发价零售答谢伴手礼（如毛巾、雨伞、香皂等，可以先赊，用剩可退，按实物结算）；

6.指派或联系“一条龙”服务（价格面议）。

总之，非常规范。

但我是临时工，或叫合同工。我来殡仪馆后，先是开车，兼带接收遗体；现在主要在化妆室，噢，不，是兼顾接收遗体和化妆。上述其他一些复杂的工作，我还轮不上。

# 安平山

移风易俗，推行火化之后，霞飞路上也慢慢开始热闹起来了。

以前，送葬的队伍是不会在这里交集的，每个家庭的住址不一样，要去的墓地也不一样，出了城门，就各走各的道了。现在，人死后必须火化，丧事都集中到了殡仪馆里，送葬的队伍也像划龙舟一样，都赶到了一起，挡道堵路的、车子剐蹭的，认为别人坏了风水的、冒犯了威仪的，都有，吵架打架也是家常便饭。一切都是时辰惹的祸。西州人讲究时辰，告别的时辰、火化的时辰、入土的时辰、封龙门的时辰，既然问了时辰，就都要赶这个时间。哭声也和往常的不一样了，以往是呜呜咽咽地哭、纯粹专注地哭，现在是呼天抢地地哭，还常常从告别厅里扑到外面路上，好像有意要宣泄什么。哭声里还会提到一个人的名字：老邱。千刀万剐的老邱啊，不得好死的老邱啊，都是这个老邱，弄得活人都焦头烂额，弄得死人都不得安宁。有心的人听见了，耳尖的人听见了，好奇疑惑的人也听见了，大家脑子里都会闪出一个问号：这个老邱是谁？

前面也提到过老邱，他就是推行殡葬改革的功臣。就是这个老邱，也不知哪里搭牢了一根筋，也不知哪里来的一股劲，整天骑着车在巷子里转悠，眼睛瞪得像铜铃一样。一般人骑车总有个目的地，有事就快快骑，没事就慢慢骑，都会越骑越远。但老邱不是，我们可以想象一下老邱骑车的样子：慢骑，拐来拐去，骑着骑着又兜回来，这条巷子进那条巷子出；他敞着衣服，挎着包，据说，包里装的都是干粮，饿了就啃一口。他像个伪装的武工队员，鬼鬼祟祟，东看西看，发现蛛丝马迹就来了精神，就追上去。什么蛛丝马迹？丧事的蛛丝马迹啊。家里有人去世是藏不住的，总会有一些迹象漏出来。有些是明的，比如讣告、花圈、哀乐、诵经声、天井里搭起的布篷，走动的人突然多了，人人紧张忙碌，神色严峻，这就表示家里在办丧事。有些则没有明显的迹象，灵堂摆得很隐蔽，表面上也不事张扬，但还是有一些气息会散发出来，比如有幽幽的香火气，有哭过的红眼人、点心店里的小二匆匆出入，就很可能是因为家里有人去世了。掌握了这些情况，老邱就跟上去，摸准了那户人家的心理，苦口婆心地做工作，说火化卫生、简便、省钱，对子女又好，今后又省事，关键是大势所趋，全国都这样了，西州还逃得过去吗，推行火化是迟早的事。直到你妥协，撤土葬改火化为止。

现在你知道了吧，那些在殡仪馆门口边哭边骂老邱的人，都是来不及运走尸体，在家里疏忽大意，被老邱逮了个正着，不得已才接受火化的。

那么，老邱是个什么官呢？居然有这么大的权力？其实也不是，他所在的单位就是市民政局下面的一个科室，为了便于工作，便于协调，给它套上了一个帽子，叫“西州市殡葬改革办公室”，主任由副市长兼任，副主任才是老邱。其实老邱就是认真，就是一根筋。我们都知道，为了这事，老邱还遭受过许多暗算，在巷子里被人撞过车，在黑暗处被人拍过砖，自行车被人放过气、丢到河里，甚至当场被踩了个稀巴烂。因为人家有深仇大恨啊，亲人的尸体被他逮住就烧成灰了啊。后来，老邱也不骑车了，改步行了，这样反而没有了累赘，在路上出没也不显眼了，遇到伏击时也可以灵活地逃脱。没有人计算过老邱这些年跑了多少路，没有人知道老邱遭受过多少身心创伤。在后来的殡葬改革成果展览会上，曾经展出过老邱的血衣和三十八双解放鞋，这些都见证了老邱这些年的努力和辛苦。

霞飞路的老殡仪馆，原来就只有接收和告别遗体的功能。因为市区不能安放火化炉，尸体最终都要送到翠微山上，那里才是真正的火葬场。这个山名取得好，安了火化炉以后就更觉得贴切了，常常会让人联想到一个画面：山峦起伏，青松翠柏，底下是昂首挺胸的英雄。

翠微山上原来只有一台火化炉，尽管只有一台，但因为是火化炉，这座山就显得非常敏感。人们经过山脚下的时候都会抬头仰望，或隔着老远就会指指点点；山顶一座巨大的烟囱刺向天空，有时候没有动静，有时候冒出黑烟，冒出黑烟的时候，大家就知道那里面一定是在火化遗体了。后来，随着老邱他们的努力，随着人们思想观念的转变，火化工作量慢慢地大了起来，火化炉从原来的一台增加到了两台，烟囱也从起先的一座增加到了两座。有了两座烟囱之后，不管在不在火化，不管有没有冒烟，这座山给人的感觉都更加瘆人了。而偏偏市区的山少，翠微山上还建了一座宾馆，是专门用来接待贵宾的，有时候也被用作“干部谈话”的地方，据说现在那些被“双规”的官员还是送到这里来。为什么？就是因为山上僻静，便于管理。有一年，警卫班将上山的道路警戒了，整座山成了一个孤岛。那几天，火化炉也没有开，老邱也被告知暂时休息几天。那几天去世的人可以土葬，有些死者的家属还挺高兴的。

从地理位置看，尸体送到翠微山去火化也是挺费周折的。从老馆出来，要经过很长一段路程才能到达翠微山。前程路还没有修好的时候，送葬队伍要往回走，经过霞飞路，左拐进民人路，往前至山雪路，再缓缓地上山。这一路大概有十来公里，大队人马，各种辎重，要哭的也哭累了，奏乐的也差不多奏完了，开车的、走路的，穿孝服的、拿白花的，都尽情地表现亲情和友情。到了翠微山上，家属反倒有点缓过神来了，不那么伤心欲绝了。烧吧，烧了干净，烧吧，烧了省心，省得有一种没完没了的牵挂，缠绕。其实路远一点也蛮好的。

很快，老馆和翠微山都满足不了业务的需求了，它们容纳不下每天那么多需要火化的遗体了。于是，老馆迁徙，新馆选址，就成了迫在眉睫、势在必行的大事，甚至比新城东扩、政府大楼落成、造一个地标性建筑还要重要。一时间，领导紧张，百姓关注。领导紧张是因为这件事棘手，弄不好会招来非议，甚至会搬起石头砸了自己的脚；百姓关注是因为对殡仪馆选址的敏感，要是规划在自己家门口，那可不是什么吉利的事。

新馆的选址确实也碰到了一些困难。首先它得依仗着一座山，山是安稳和安宁的象征，殡仪馆建在山边，感觉更妥帖一点，这也是普遍的思路。其次，馆后面还要建一座公墓，公墓一般都是依山而建，呈阶梯状，要能沐浴到阳光，又要在郁郁葱葱之中，这两点，山的优势是显而易见的。民俗学家和地名专家还提出了一个非常具体的建议，说这山名要好，要朗朗上口，好叫好记，还可以当馆名叫，避免直白和忌讳。比如有人问你去哪里，你要是说去殡仪馆，就不好听；你要是说去某某山，别人马上就明白了，但他也可以假装懵懂。另外，距离市区也不能太远，太远了，接收遗体、家属过来送别都不方便；也不能太近，太近了，像在家门口买菜一样，感觉也不对；要远近适中，既让人在可以承受的时间内办完事，又让参与者体现出诚心和重视。于是，新馆址选择了近郊的安平山。这个山名就特别好，特别吻合上述要求，给人一种踏实又安宁的感觉。

但是，这里的农民不答应。

理由当然很多，扰民、晦气、不卫生。扰民是可想而知的，送葬肯定有各种各样的声音，哭声、喇叭声、乐曲声、鞭炮声等；晦气也是显而易见的，每天都有尸体往这里送，狗见了也会掉头就跑；卫生就不用说了，这里本来是西州的水稻和蔬菜基地，要是那些烟囱里飘散出来的火化灰落在农作物上，会怎么样啊？那可不是什么甘霖，也不是什么有机肥，农民们早就从内行人那里了解到，那是化纤衣物和人体油脂燃烧后产生的混合物！它落在屋顶上，屋顶就像刷过一层漆；它落在河道里，水面上就像浮了一层油；它落在稻田里、果园里、菜地里，农作物上面就会长出霉菌一样的斑点，不要去联想农作物收获以后的情形了，听起来心里就觉得不舒服。

就这样，当地农民就和相关部门杠上了。这就成了新闻。相关部门在宣传、做工作；农民也在串联、抵制，甚至在暗暗走渠道，通过所谓的能人到处活动，以寻求外界更大的干预和支持。农民们有的是时间，他们为了办成自己的事情，劲头也特别大。一些有号召力的人马上就站了出来，组成了临时领导小组，全天候活动。切身利益是最好的游说武器，有人出钱，有人出力，有人出物资，有人出人脉关系，只要是可以利用的资源，都事先登记在册，以备后用，一场维护自己利益不受侵犯的“保卫战”，就这样悄悄地打响了。很快，村里跑进跑出的人多了起来。“无冕之王”也来了，据说还是北京来的记者，他们挨家挨户地采访，到处录像拍照，甚至找村“两委”班子成员谈话。农民们感觉自己有希望了，感觉自己有靠山了，这里的问题很快就会被重视并得到解决了。一时间，村头巷尾都洋溢着压抑之后释放出来的兴奋，每个人心里都藏着一份不可示人的窃喜。

# 星辰大

说起来也不算离奇，我是在修车铺里被宝贵老师带走的。修车铺原来在霞飞路的尽头，就在老馆的对面。边上的前程路还没动工的时候，修车铺门口的空地就比较大，那些待修的车子就停在路边的空地上，老馆接收遗体的车也是。

老馆的车，是那种老“金杯”，因为跑得多，也因为用车的问题，经常会有一些小毛病。老馆把车放在我们这里修，算照顾我们生意，其实也给他们带来了便利。馆里有每天收拾车辆的习惯，这是个好习惯，接收遗体的事这么重要，车子要是带病上路，路上就有麻烦了。有时候，车子回来得晚，司机又急着回家，就会直接把车子交给我们，让我们修好后送回去。开始的时候，我并不知道这是什么车，以为就是个小中巴，还以为对面这个单位接待任务多。后来才发现，他们这个车不一样，屁股后面是架空的，有一个小空间，可以放一个担架，是放遗体的。知道了他们的工作，车又修熟练了，也认识了宝贵老师，我就成了经常送车子回去的那个人。我们老板平时不轻易挪身，与我搭档的伙计还不敢摸车，我胆子大，又喜欢开车，差不多每天都要去馆里转一圈。去得多了，对馆里的一切自然也就见怪不怪了。车子一般都停在老馆后面的空地上，晚上馆里本来就有点冷清，加上我知道了馆里的业务，就觉得更加阴森了，但是我不怕。每次送车回来，我都会经过前面的停尸房，那门口经常会丢弃一些多余的衣裤、一些多余的生活用品，我知道，那都是逝者的，是家属嫌累赘，清理出来的。再穿过走廊，来到告别厅外面，也经常会发现一些残留的讣告，甚至还有逝者的照片。走得多了，我还会忍不住探头到里面看一看，一眼就看见左右两边赫然写着的两句话——无论你走多远，我们都能看到你的笑脸；无论你走多远，我们都能听见你的声音。

那时候，经常来修车铺交接的是馆里的宝贵老师，开始我还以为他是什么负责人。当时，宝贵老师就在老馆，翠微山上的火化跟他没什么关系。后来才知道，馆里人手少，他是馆里的元老，性情又很社会化，所以，一些接洽的事，需要跟人打交道的事，馆里就让他兼管了，他实际上就是个领班。一来二去，宝贵老师就和我们混熟了。有一次，宝贵老师问我，一个月能赚多少钱。我说，钱勉勉强强够用，主要想学个手艺。宝贵老师说，想回家开店吗？老家那边车多吗？我说，没其他东西好学嘛，光打工也没什么意思，所以先学着修车。宝贵老师说，要不，你来我这里学个本事怎么样？我问，你那里有什么本事可学呢？我原来只想到他们民政局下面有个养老院，那里是不是缺男保姆，提供的护理服务用新名词来说叫“临终关怀”。宝贵老师说，我这里人手紧，你就算过来给我帮忙吧。我说，谈不上帮忙，你就说让我做什么吧。宝贵老师说，开车啊，叫你当然是开车了。我傻住了，还有这么好的事情？他又说，难道你就满足于修修车，就不想开开车，开车那才叫本事。他又说，我们用车的频率高，现在就缺个既会开车又会修车的人，你到我们这里就可以大显身手了。他还说，现在基本工资两千元，以后还会加，再加上你帮人顶班的，一个月起码三千元，同意就马上签合同。他说得这么认真，都说到签合同了，我们打工的，什么时候听到过这么给力的话，我心里马上就松动了。我在心里也悄悄地比了比，修车是多么有局限性啊，天气不好，人家不愿意修；天气太好，车子都在路上跑，人家不会来修；车子越开越好，修车的概率也越来越小；车主都内行了，保养都做好了，车子基本上就不用修了。总之，修车是等米煮饭，是被别人牵着鼻子走。而对面的殡仪馆里，开车的任务一直是很多的，我知道的，这里的修车记录都记得一清二楚，虽然没有什么规律性，但加起来，只多不少。不过，就是这个单位叫起来不好听，人们对它有颇多微词。我就跟宝贵老师说，不知道我能不能适应，要么先去试试看，不行的话再说。

去了之后才知道，宝贵老师没有把话说明白，我也没有把事情问深入，原来远不止开车修车这么简单。因为单位性质的特殊，这里做事的人特别少，或者说做这个工作的人特别少，往往要身兼数职。开车的是我，接收尸体的是我，接回来清洗、消毒、冷藏的也是我，当然，现在给尸体穿衣、化妆的也是我，直到把尸体送去告别厅，由司仪接了去，我的工作才算真正结束。我要学会各种本事，这比修车复杂多了。修车只用解决一个技术问题，这里要解决的事情很多，精神问题、心理问题、身体问题，有些问题我还没有碰到，还想象不到。这么说吧，想不想跨入这个门槛，我当时是纠结的；一旦跨入了，就不纠结了，但其他的事情，也就身不由己了，只能一步一步地走着瞧。这个工作唯一的好处就是稳定，旱涝保收，细水长流。

那个时候，我已经接收过不少尸体了，但还都是在白天，按照宝贵老师的说法，先让我熟悉熟悉，练练胆。接收尸体的时间大致上就是两种，要么白天，要么夜里。白天主要接收医院的尸体、家里的尸体，或意外死亡的尸体，以及一些手续齐备、不讲究时辰、信教的兄弟姐妹的尸体。夜里基本上都是接收县里和乡下的尸体，因为他们的风俗都是在夜里行事。

我第一次出夜车，是凌晨两点到乡下去接收尸体。开始的时候，我也不理解，也很讨厌，这种做法是依据什么呢？什么时候不好接收，非得趁这样的月黑风高夜？后来才知道，这都是风水先生在作祟，是他们算出的时辰，说这个时间移位好，谁都不敢自作主张，擅自妄动。乡下还有另一个说法，要赶在凌晨四点之前把尸体请出来。据说，五点鸡叫的时候，正是鬼准备遁形的时候，人要是走得迟了，那就与鬼同行了，那还得了，到时候被鬼缠身了，他自己不清爽，家属也不放心。做这种工作的，你可以不迷信，但不讲究规矩，不执行逝者家属的要求，肯定不行，出了问题谁也担当不起。

到乡下接收尸体是一件苦差事，大家都喜欢叫上我，因为我原来是修车的，对车熟悉，大毛病可以预防，小毛病直接就解决了。他们喜欢叫我还因为我不怕走夜路。有些人走夜路总是提心吊胆的，凝神屏气，一路无话，压抑得很。我是个乡下人，在老家时就经常走夜路，下地早要走夜路，赶集回来要走夜路，有时候乡里对歌，意犹未尽，回家都是三更五更了，那真的叫披星戴月。城里人走夜路有许多怕：怕夜里的露水，据说，最损的就是它，伤肾；怕断头路，不是怕栽跟头，是说碰见断头路会折寿；还有怕夜间出没的各类动物，山猫、野兔、狐狸，民间有故事，夜间还在跑的动物，都是被鬼附了身的，特别是直跑的动物，眼看着直愣愣地撞过来，避也避不了，但被撞的人就会落下病根，还都是莫名其妙的病，看医生没用，做法事也没用。但我没有问题，他们说，这叫“星辰大”。

西州人都说，一些做特殊行业的人，都是星辰大的，星辰大才能镇得住，比如杀猪的、收尸的、当别人亲爷的、太平间里值班的等等。若一定要说有什么相克的话，那也是他克了别人，而别人奈何不了他。这里面，收尸的这一行，指的就是我们。

我第一次去乡下收尸，去的就是西边的临江村，那是个靠近青田的地方，如果都顺利，来回也要三个小时。那时候还没有高速公路，走的是下面的老路，还都是靠江边走，特别费劲。我收拾好自己，先到馆里集中，早到的工友已经在那里点火暖车了，水箱加了水，车厢也打扫了，后座底下的担架也换好了，消毒工作也做了，尸袋也准备好了。乡下人计较，对这些东西很在意，只要你有一点点不周全，就可能招致他们的不满，而城里人往往不看小处，无所谓这些。总之，这是个细致麻烦的活儿，老到一点没有错。

车子一般都是我开。修车的人，一般都很会开车，对车的判断也准，只要坐上去几分钟，听听发动机的声音，就知道它能跑多远，能跑什么样的路。车子从馆里出来，上了前程路，右拐至护国寺的山洞，再左拐上了西青路，沙啦沙啦的碎石路就在眼前铺展，延伸开去。这是通往青田方向的大路，也就是国道，边上是哗啦哗啦流的西江，一直要流到丽水和龙泉那边的山里。暂时还没有岔路，倒是好认，就这样开到青丽渡口，左拐，就上了省道。省道的岔路就多了，大多也都是新铺的，因为施工段的划分，这些路连接得没有次序，所以，经常会有一些断头路。断头路我倒不怕，就是怕耽误工夫，错过了时辰，这是乡下人最忌讳的。一路上，眼睛要特别留神，不敢懈怠，大灯始终开着，有白狐嗖地从路面闪过，有鸟扑棱棱地掠过树梢，有灯一样闪亮的东西在草丛里移动。这些地方，原来都是坟岗野地，公路一通，就不可避免地惊扰了这些生灵。

前面有老路、新路的牌子，那都是村里人自己搞的。开车的人都知道，老路近，路况会差一点，但通行没有问题；新路远，路况肯定会好一点，但绕远了迷路了怎么办。我还是规矩点，走老路，这是农民习惯的方法。临江村，那个打电话叫我们接收尸体的地方就要到了。这是个江边小村，在黑暗中，风无端地大了起来，树梢和屋顶都像在吹着唿哨，呜呜地响着。路边早已有家属在等，但没有客气话，尽是埋怨，说怎么这么久才来啊，不会早一点出门啊。我说，你知道西州一天要死多少人吗，总有个先来后到的嘛。家属说，我们赶时间哪，时辰是三点半，今天不移掉就要搁在家里了。我说，我又不是这里的地保，你们的路，我都记在心里啊？车子没开到青田去已经算不错了，再啰里吧嗦的，我就把车开到丽水去。家属不响了。我知道他们心急，讲时辰的地方都这样，但这件事最终还是要依赖我们的，所以他们也只是说说，并不敢怎么样。我问家属，死的是家里的什么人。家属说，是家里的阿大。把父亲叫成阿大的家庭一般都有点迷信，是相信所谓的“相克”，才会叫阿大，以为这样能抵消点什么。我就说，你都讲时辰了，怎么都不知道禁忌啊？家属说，什么禁忌啊，我们不懂噢，你要提醒的。气氛比之前缓和了许多。我又把办丧事的一些条条框框讲给他听，说，孝子是不能在露天里乱走的，你看你，也不戴个斗笠或打把伞。我又问，邻居都通知到了吗？家属问，通知什么？我说，等会儿你阿大起身的时候，邻居们都要站到露天里去。家属说，那这时候叫他们会不会为难他们啊？我说，你不叫他们，他们才会说你的闲话呢，邻居会说你坏了他们的运气。家属拼命点头，屁颠屁颠地照办去了。这些都是从宝贵老师那里学来的。一切都在我们的指挥下按部就班地进行，包裹尸体，上架绑好，再推到车尾后边的空间里，关门扣好。临走时，我问，谁跟我回去办手续啊？家属说，我和我阿姐去。我又问，鞭炮准备了没有？家属说，准备了，放鞭炮有讲究吗？我说，当然有，两声炮三个，车动身了以后，家门关好了再点，这是送死者上路，不然他还会跑回去的。

西州有句老话：死的人多了，戴莲花冠也熟起来了。莲花冠是孝子头上的草帽，是用稻草编的，还扎了红绸，做成莲花状扣在头上。我们本来人微言轻，也只有在这样的时候，这样的场合，再多一些神神道道的东西，家属们才会拿正眼看你。

现在，我们接着说从乡下把尸体拉出来后怎么办。那时候才刚刚过了凌晨四点，天还是完全黑的，空气中还都是霜的味道，露水的味道，还没有尘嚣，鼻子和嘴巴动一动，都感觉到有点痛。但馆里已慢慢开始忙碌了，像其他凌晨热闹的地方一样，比如菜场、水产码头，每个人都已各就各位，因为从五点钟开始，第一场告别仪式就要拉开序幕了。

我帮着家属办完了登记手续，再把尸体冷藏好，会例行公事地告诉他们，现在馆里的业务有几项是免费的：火化费330元是免的，接收费230元是免的，冷藏费80元一天，可以免三天，超出的部分要自己埋单。我已经很熟悉这些套路了。然后，我再告诉他们接下来要做的事情：先休息一下，抽根烟缓缓神，肚子饿了也可以去吃碗面，我们楼下都有；等八点钟负责洽谈的同事上班了，再去接待大厅，那里有一些自选项目是可以商量的，比如仪式的规格、送别的样式、骨灰盒的好坏等。最后，我重点告诉他们，在料理尸体的那一天，要把被褥和衣服准备好，把一切想让死者带走的东西准备好，一并带来，别到时候落了什么，又慌慌张张地跑回去，还要慌慌张张地跑回来。

冷藏室就在过道的对面，这是一个较大的库房。其实，馆里的一些重要“机构”，都是在这幢楼房里，冷藏室、化妆室、火化间等，外人也许分不清方向，像钻地道一样，而我们，知道这里的每一个角落。我们和外人的最大区别就是，没有陌生感，没有异样感，没有恐惧感，对我们来说，这里就是一个工作坊。我打开冷藏室的铁拉门，尸体、手牌、发票要一一对好了才能进去。这里真是“闲人莫入”，要严格遵守规章的地方。这里冷藏着临时的和长期的尸体、一般和重要的尸体，有些尸体的解剖报告还没有下定论，有些尸体还牵扯到案子，有待司法和医学解剖，都要先存放在这里，都要重点保护。这里曾发生过抢夺尸体的事件，那是一起人命官司，一方要竭力销毁尸体，一方要留作证据，就打到这里来了。当然，打到这里来也没有用，这里是受法律和公安保护的，不然就乱套了。所以，尽管是瘆人的冷藏室，也要时刻把门锁好。

虽然是冷藏室，虽然都是冰柜，虽然存放的都是尸体，但还是有一些差别的。那些大号的冰柜，就像公寓或通铺，是一般用户的选择。那些小号的冰柜，就像旅馆的标房或单人间，总是先有人预订。这个尸体扎堆的地方，也有虚荣，也有攀比，让人苦笑，也让人唏嘘。墙角的几个风扇，日夜不停地转着，从外面漏进来的光，被转动的风扇切割成斑驳陆离的亮点，让人觉得这里还有点生机，并不沉闷。最惹眼的是墙头的那盏黄灯，像警车上的灯，日夜不停地转啊晃啊，似乎在提醒着我们，不要恍惚，不要混沌，这不是梦境，这里是工作的场地。

到了时间点，我就带家属去大厅的洽谈室，这是大厅隔出来的几个玻璃房，和大厅相对热闹的环境比，这里要稍稍安静一些。需要和家属洽谈的，是可以商量的一些自选项目。要把最后的仪程搞得细致，搞得体面，那还是有东西可谈的，比如文明卫生棺要不要，棺边的装饰搞不搞，告别的规格要不要提升，要不要仪仗队“送一程”，骨灰盒的材质，甚至“一条龙”的服务，这些钱，花起来是没底的。但我知道，这些也都是因人而异的，可有可无的，视经济条件而定。所以，我喜欢把家属带到宝贵老师那里，他是苦出身，是在福利院长大的，让家属和他谈，他会体谅家属的处境，给家属一个好建议。自从宝贵老师把我招进来之后，他就慢慢地退居“二线”了，除了一些要紧的尸体还需要他处理之外，他暂时负责接待统筹这一块。

我要说的是，这些仪式绝不是迷信，也不是装模作样，而是从内心的情感出发，从逝者家庭的实际出发，去帮助逝者完成最后一件事情。强调步骤也好，强调仪式也好，强调物质也好，都是为了最终的心里安宁，为了日后的顺达昌盛。古代的皇帝为什么要去登泰山，为什么要去祭天坛，老百姓为什么要在新年祈福，这些都不是虚礼，而是因为心里有敬畏，心里有期望。任何庄严的事情都是通过简单的形式去完成的，对逝者最后的送行也一样。

# 新　馆

那段时间，大家最关心的就是新馆的落实，都说“动起来了动起来了”，但很快又莫名其妙地停住了。我们没有想那么多，我们关心的是工作的环境，巴不得马上搬。市里的领导考虑的都是大局，是面上的工作，是部署的推进。立项、选址、规划都没有问题，各方的协调会也开过好多次了，新馆建设被列入了年度十大民生工程。但到了农村，到了农民那里，就不跟你这么说了，他们不吃这一套，他们有自己的切身利益和眼前的要求。据说，安平山一带，新馆选址的那片地方，天天人山人海，有事没事的农民，都被游说出来在那里静坐，吃饭睡觉也行，打扑克搓麻将也行，只要是在现场以壮声威的，都算出人出力。据说，公安等执法人员也只能守在那里，以观动静。

那些天，老馆的一些本地工友都跑到那里去看，一是关心自己单位工程的进展，二是看热闹兼带赶集。这话怎么讲？工友们回来以后，一个个并不乐观，说情况远比传说的要严重。

那些天，村里的农民都在准备，准备自己的农副产品和工具，番薯、大米、蔬菜和米烧，菜刀、锄头、箩筐和板凳，还有人准备了现做现卖的大饼、油条、烤玉米和茶叶蛋，反正都是自己家里的东西。这地方有个二月二集市，据说已有一百多年的历史，每年春节过后一个月开始，要持续一周，各家各户把自己家里的东西拿出来，摆在村头巷尾山脚河滩展卖，吸引周边的人们过来观光。现在村里不考虑时间节点了，他们要的是全天候。他们肯定有幕后策划有统筹协调，是有组织有纪律的，只不过执法人员不知道。我们可以想象，农民是怎样紧张、忙碌地采购和生产。我们可以想象，他们群情激愤，挨家挨户奔走相告，请亲戚请朋友帮忙。这类事，人气高是保障，人气高还说明这事的正确性和重要性。往年的二月二，农民们都要在家里摆酒招待那些前来赶集的亲戚朋友，谁的酒摆得最多，持续的时间最长，就说明谁家人脉广情义重。现在更是不能例外，不能简单了，许多农民家里早已是人头攒动，流水酒席也已经吃开了。现在，一切准备就绪，只等一声令下，全村的农民都将携带着自己的东西，摆摊的物件，展卖的商品，奔赴一个目的地——殡仪馆的选址工地。事情就是在一夜之间完成的，开始是门口，后来是周边，再后来干脆是工地里面，里三层外三层，扎堆摆摊，一下子把整个工地团团围住，把它变成了一个农贸市场，加上那些赶集的人，那真的叫人山人海。那时候，工地已经开始施工，有些地方在打桩，有些地方在培土方，这样一来，马上瘫痪了。那些大小车辆就更不用说了，那些运石料的、运泥沙的、运木头的、运水泥的，进来的出不去，没进来的都堵在了外面，外面的这条路也被堵死了。那些值班的、施工的、监理的，包括执法人员，起先还在疑惑不解，还在四处张望，一会儿，他们就回过神来了，知道大事不好，但已经迟了，只能临时改变任务，改监督为维持秩序了。农民以这种出人意料的形式阻止了施工的进程。

建殡仪馆的事情只能暂时搁置下来，双方也不能这样对峙下去，还是要苦口婆心，做好思想工作，寻求解决的办法。事，肯定是好事，是利国利民的好事，是百年大计的好事，但好事就会多磨，好事也不一定都有好的开始，因为它牵涉的方面太多了，包括伦理、观念、环境卫生、农民的利益和今后的出路等等。任何领导都会说，我们再耐心一点，再想想办法。

事情的转机也是富有戏剧性的。那些来村里采访的“记者”，鼓动农民闹事的“记者”，其实早就被公安瞄上了。有细心的工作人员发现，这些“记者”的倾向不对，动机不对，不是在客观公正地采访调查，而是有明显的煽动情绪和挑起事端的企图，而且做事都是鬼鬼祟祟的，尤其对占领工地的“集市事件”，不是痛心疾首，而是幸灾乐祸，许多点子和步骤也好像不是农民们想出来的，很容易让人想到外部势力的介入。接着，侦查发现，事情倒没有那么深的背景，只不过是一群昏了头的假记者，想利用农民的狭隘心理，为自己谋点暴利而已。这是一个非常好的突破口，公安人员马上行动，以蓄意挑起事端扰乱社会秩序为由，迅速将几个假记者抓捕了。

农民当然也是受害者，农民哪里有那么好的辨别力和判断力，特别是当一己私利蒙蔽了自己的眼睛，更是东南西北也分不清了。他们损失了钱，也损失了物，关键是他们做错了事，做了不稳妥和不体面的事。什么事是不可以坐下来解决的呢？政府马上组织了工作组进驻村里，由领导带队，挨家挨户走访，了解民情，倾听诉求，动之以情，晓之以理，农民们渐渐改变了想法。

接下来，新馆的建设也迅速推进实施，工地上到处开花结果，一天一个样。当然，给农民兄弟的实惠也是不会少的，拆迁补偿、作物赔付、安排就业、联建开发住房、铁路设置小站、高速公路开出口、功能性地改变村里的经济面貌等等。具体到农民个人，实惠也是明显的，停车场归农民经营，直接获利；细水长流的好处还有，凡村里农民的丧葬事宜，由馆里提供服务，一律免费……

搬到安平山以后的新馆，环境自然是好多了，比起老馆来，无论规模和气派，那都是一个天上一个地下。从前程路下来，一路往西，过了最后一个红绿灯路口，便是西曲大道，老远就会看见安平山山脉和前面依山而建的新馆。再走啊走，跨过一处铁路道口，那就是闭着眼、闻着味、听着声都可以摸到馆里去。新馆门口的牌坊又高又大，非常引人注目。迎面的对联是这样写的：

八千里路　归去来兮　一霎红雨晨曦淡
廿四番风　轮回转矣　满目青山夕照明

背面也有一副对联，写得简单点：

地有其灵　片石长春　宇宙万缘随物化
天无不老　空山唳鹤　死生一往见情深

前一副对联淡然却充满希望，后一副对联明理又不失人情。

现在这个新馆，说得通俗一点，就像文化宫，我们置身在里面，一边工作，一边也在受教育。此话怎讲？你不要匆匆而过，你只要稍稍地停一停，就会发现这里到处布置了书法和美术作品。过道上都是画框，里面的书法作品写着“守孝不知红日落，思亲遥望白云飞。美德常与天地存，英灵永垂宇宙间”，又如“菩提本无树，明镜亦非台。来时无一物，去时化尘埃”，等等。还有《旧二十四孝图谱》和《新二十四孝图谱》，是工笔画。《旧二十四孝图谱》大家基本都知道，就不说了。《新二十四孝图谱》尽管有点生造，但意义还是不错的，画的是陪老人旅游，为老人买保险，支持老人学书画，鼓励老人接受新事物，引导老人走出家门广交朋友，为老人配置电脑并教会他们享受科技福利，还有帮老人装假牙、植耳蜗，尤其是别忘了对老人的承诺。《承诺》这幅图画得还蛮有意思，是一个老人站在养老院门口，双手拽着裤子，表情苦涩，目视远方，脑海里想着他的儿子和一条皮带。这个故事我曾经在别的地方听过，说的是儿子去养老院探望老人，发现老人的裤带断了，就说，你等着，我回去马上买一条皮带给你。儿子一走就把这件事忘了，而老人却焦急又失望地等着……

现在的新馆，负荷量是每天三十具尸体左右，有七只火化炉，编了顺序是一号到八号，中间没有四号。每天和“死”打交道，这个“四”就不说了，省去了。按照平均一小时服务一具尸体的时间算，上午的时光，每一个工种的工作人员，都要忙碌四五个小时。新馆的服务范围是西州的主城区，加上附近的三区一县。最远的区（县）的居民开车走高速公路过来要两个小时，来回一趟就半天过去了。这些区（县）很聪明，把自己的环境保护好，就是不搞火化，顶多告别一下，尸体就往安平山送。有时候尸体多，还得我们去接，他们没有那么多的专业车。这不是他们的错，是国家有规定，不是特殊的机构，是不能配备这种车的；民间就更加不行了，你就是想用自己的车，说自己无所谓，说我家的尸体我来送，也不行。你见过路上别的车拉过尸体吗？没有。如果有就乱了，那感觉是很差的，要是凑巧出了个车祸，翻了车，横空里飞出一具非常难看的尸体，那是什么情形，那是何等耸人听闻！

这就是我们新馆的景象。假如你是一只鹰，盘旋在我们新馆的上空，大清早，你会看到安平山一带还是一片静谧，远处的村庄还在沉睡，河水在悄无声息地流淌，树木和作物正享受着清晨的甘露，走夜的狗也刚刚累了，但殡仪馆已经灯火通明了。这个时候，接收尸体的车已经风尘仆仆地开回来了，食堂的师傅已经开始生火做饭，保安们已经在维持秩序，馆长和副馆长们都已经到位了，我们化妆的在准备最后的补妆，接待大厅的工作人员穿戴整齐地迎客，告别厅的司仪在酝酿情绪，仪仗队早早地整装待命，火化间的师傅已检查完炉子，清洁工是一刻也不能停的……人群像蚂蚁一样拥来拥去，这些人也是各式各样的，有的是家属，有的是亲朋好友，穿黑衣的、披麻戴孝的，紧张的、散淡的、悲恸的、无所谓的。一切，就像是打仗一样。

# 家　人

一开始去馆里工作，我是有点懵懂的，有宝贵老师鼓动的因素，有工资稳定的诱惑，也有我平时见怪不怪的心理在作祟，反正觉得这个单位没什么。开始以为是去开车，顺便帮他们修修车，后来才知道，不光是开车修车那么简单，还要顺带着接收尸体。这个，我稍稍迟疑了一下，也没觉得有多么吓人，就接受了。但接收尸体是要动手的，这可不是什么猫啊狗啊，还有，你不知道等着你的是什么样的尸体。这个，我有我自己的解决方法，戴两个口罩，戴两副手套，关键是要戴上墨镜，让自己的视线模糊一点。还要在心里暗示一下自己，尸体就是一段烂树桩、一块大石头，眼睛不直视，抬起来就走。当然，这是以前。现在我已经很淡定了，我会双手合十默念一句，也算是祈祷吧：朋友，对不起啦，多有冒犯，原谅我的鲁莽啊。尸体抬多了，我也有了一些经验，知道太平间的尸体好抬一点，白布一盖，只看出个大致的轮廓，基本上不怕。家里的尸体就难说了，经常是龇牙咧嘴的，脱相得厉害，去之前，我都会交代家属，给尸体戴好口罩，或盖好脸，这对你自己来说是卫生，对我们来说是尊重。最难预料的是车祸现场的尸体、火灾现场的尸体、凶杀现场的尸体，七零八落、血肉横飞的，心理素质要好一点才行。这个过程，也都是慢慢适应的。现在，我看到尸体已经没有特别的感觉了。宝贵老师说，要善待你的工作。这个道理很简单，但做起来可不是一般的难。

我没有把换工作的事告诉老婆，主要是不知道怎么说好。现在的这份工作，除去不太好说的原因之外，其他的都好。宝贵老师对我不错，馆里对我也很赏识，工作节奏不紧不慢，工资旱涝保收。我过去打工，什么时候这么稳定过。但我没有和老婆说，怕她接受不了。这个性质的工作，一般人都很难接受，要有一定的认识和思想境界才会支持。我老婆是个普通人，我不知道她有没有这个境界。

宝贵老师给我出了个主意，说哪天回云南老家，不妨跟岳父透个风，这种事，老人一般都会开明一点。我觉得宝贵老师说得对，有“铺垫”和“退一步”的意思。正好那一年有机会回去，我就特地去看了岳父。我拐弯抹角地说自己换了工作，说是帮殡仪馆开车。岳父问，殡仪馆有那么多车好开？赚得到钱？我说有，平均每天都有七八趟、十来趟，天气骤冷或骤热则更多。岳父说，你开车还和天气有关？我说有很大关系。岳父是个退休教师，他稍稍地一停顿，马上就想到了关键上。他说，你开车是去接那什么吧？我看着岳父，点点头，心里有些忐忑。岳父盯着我，问：你自己怎么看？我搓着手，几次欲言又止，最后说，这事干的人少，相对稳定，我开始也是帮别人的忙，帮着帮着脱不了身了，就留下来了。岳父说，这事难做，做好更不容易。又说，这事在人们眼里不看好，但肯定是一件值得做的事情。这话让我吃了定心丸，心里也宽慰了许多。至于是不是值得做，或有什么更大的意义，我还没想那么多，现在也不好求证。

老婆是慢慢知道这件事的。她这个人有一些灵性和异禀，很多事拐来拐去她就知道了。我的手原来是洗不干净的，修车的手怎么能洗得干净呢，每天在车里摸来摸去，灰尘油污不算，还经常会在柴油里洗一洗，越洗越黑，污垢都嵌进了指甲缝里，染黑了皮肤褶子。但现在，我每天洗无数次手，还都是刻意去洗，用硫黄皂洗，用消毒液洗，洗得白白的，好像皮肤也洗薄了，手也变小了。我的手本来就小，洗白了就更加显得小。也很奇怪，我虽然干的都是粗活，但手一点也不粗糙，皮肤看起来还很细腻，大家都说我的手更像是女人的手。老婆因此就开始怀疑了。

后来，老婆又发现我衣服上没有油污了。我在修车铺里的鞋，自然是不穿回家的，那双鞋可以想象，被油浸得翘起来，像小船一样。但衣服，每星期是一定要洗一洗的。修车的人，衣服上肯定都是油渍，机油的、柴油的，那才是修车服特有的样子。她洗我衣服的时候，都是另外泡在桶里的，不打肥皂，也不放洗衣粉，她会放一点点纯碱，说油渍就怕纯碱，浸一浸，油渍就褪光光了，洗起来就不费劲了。但现在，我的衣服不脏了，我一般都穿迷彩服，这种衣服穿着宽松，好干活，外面再套一件白大褂，脏不了。她就更加怀疑了。

真正引起我老婆注意的还是我身上的硫黄皂气味。老婆问，你是在医院开车吗？我说，嗯。老婆又问，开车身上会有汽油味，你身上怎么是硫黄皂的气味？我知道瞒不住了，就招了，我说是在民政部门开车。老婆讪讪地说，这倒是说得好听。听我老婆的口气，她是知道我在开什么车的。她是听我岳父说的，还是根据一些蛛丝马迹判断出来的？她大致上可以基于三点来判断我的工作性质：一、我会开车，殡仪馆里又有车，殡仪馆的车以前都是在我那里修的，我们的关系接起来还比较顺。二、我的收入稳定了，每月赚多少钱，固定地交到她手里。现在还有什么事这么好做啊，有固定的收入，有固定的客源，在她看来，只有极少数特殊职业满足这些条件。三、是从我身上的气味闻出来的，她起初怀疑我是给医院开车，后来想想不对，医院是“来苏尔”的气味，但我们馆里喜欢用硫黄皂，这肯定逃不过我老婆那灵敏的鼻子。什么地方会长年不懈地用这种东西呢，不外乎几种特殊行业。我知道老婆心里也是忌讳和抵触的，这不奇怪。如果不忌讳，不抵触，这种好事也轮不到我。不过，老婆有她的处理方式，这个不好说，说起来让人笑话。我也只好默默地承受，再慢慢地接受，要不然怎么办，天天吵架打架不成？要不然怎么说我们的工作要承受着社会和家庭的双重压力呢。

好在我没以前辛苦了，收入也相对稳定了，在家的时间也比过去多了，也有时间陪陪孩子了，这是老婆满意的地方。但老婆也有顾虑，她问，要是人家问你在哪里工作你怎么说呢？我说，能不说就不说呗。她问，如果一定要说呢？我说，那就说在民政部门呗。她问，你平时开车都戴口罩吗？我说，一般要戴。她说，最好都戴着，戴了人家就认不出你了。看来，老婆对我工作的了解还仅限于开车，知道得并不多，更不知道我现在已经是化妆师了。

我以前在修车铺时，她经常会来给我送饭，她觉得长远打算就应该这样吃饭，这样省钱，在外面吃就把控不住。有一天，她望着对面的殡仪馆问，那是个什么房子，怪怪的。她这样一说，我才感觉到，那房子确实有点不一样，样子不一样，颜色不一样，气氛也不一样。所谓的气氛，就是没有人气。我老婆说，没有人气的房子，灯也坏得快，开关也容易锈，窗户也是松垮的，不信你去看看。民间有许多有灵性和异禀的人，能预知灾难，能感应生死，能看见野魂，我老婆也许就是这样的。后来，我还真的去看过殡仪馆的告别厅，屋顶的灯，有好几只是坏的；开关的盖子，是用橡皮膏粘的；几乎每一扇窗户，都有破损处，或脱了榫，或散了架；再仔细看看大门，有一爿也已经烂了脚，是用铁丝固定在墙上的，平时基本不关。我老婆神吧？这样也好，有许多话就省得我说了，反正她迟早都会知道的，不知道也会料到的，只要她不反对就好。

现在，我们住在离殡仪馆不远的公寓里，是村里联建开发的，也是当年征地时的政策之一。说是小区，其实也就是前后两幢排屋，住的大多是村里的农民。我买这套房子的时候，就是图它离殡仪馆近，一大早起来，睡眼惺忪的，也可以摸到馆里去。我把儿女带到西州的时候，他们都还小，现在慢慢都长大了。儿子已经高中毕业，现在在一个网吧打工。女儿也读初中了，成绩马马虎虎。他们读的都是下面的曲县中学，是一个很不错的学校。对城里人来说，这也许不算什么，但和我老家比，那气象是完全不一样的，学校有门台、围墙、操场，有饭吃，有床睡，你还要怎么样。我们没有儿女成才的梦想，他们学校的办学宗旨，也只是说培养合格的中学生。什么叫合格？就是能顺利地毕业，没有走上歪路。至于找工作，那得看他们自己的本事。蛇洞蟹洞，路路相通，不管什么洞，自己都会通的。

儿子知道我的工作，他是无意中知道的。有一天，我疏忽了，把尸体的手牌带回了家。发生这种事也是非常非常凑巧的，当时，我正好在料理尸体，把手牌摘下来时，正好想起什么事需要回一趟家，就这样把手牌塞到自己兜里带回家了。儿子是怎么看到的，我不知道。我想，他看到这个东西一定是很纳闷的，那上面写着姓名、年龄、性别、几月几日、几号冷藏箱……其实他稍微机灵一点，马上就会知道我的工作，因为我长年累月地忙，工作时间又这么固定，又不愿意接触社会，没事就待在家里不出门……那天晚上，他去网吧上班前悄悄地问我，你那里灯光怎么样？我说，什么灯光怎么样？他又问，那里面有没有惊悚的音乐？见我还在发愣，他就把看到了手牌的事告诉了我，说：我哪天去你那里看看，一定是很有意思的。说着诡秘地一笑。

儿子喜欢看悬疑惊悚片，晚上在网吧上班，白天在家里没事情，就会拉上窗帘看这些片子，什么《异形》《荒林幽灵》《人皮拼图》《来电惊魂》《恐怖照相机》《午夜惊魂路》《吸血鬼猎人》《半夜叫你别回头》等。他的抽屉里都是这类片子，家里的那台老式播放机差点被他用烂了。所以，他对我做的这个工作也不会那么诧异，也许还有一点点好奇。但我还是不放心，不放心他的感觉，不放心他对我工作的认识。我想，他的感觉和认识肯定是过于简单的。后来，我犹豫了好久才问他，对我的工作，你是怎么看的？他嘻嘻哈哈地说，蛮好的，但我不知道你做的是哪一块。说实在的，他对这个工作的认识确实有点简单，但我没有必要和他说得那么复杂，我只是交代他，这事最好不要说起，不要让妈妈和妹妹知道，她们知道了会有压力的。

家里有一个人知道也是好的，至少在孤立的时候，我还有一个同盟军。我感觉自己也轻松了许多，不会像做贼那样心虚，那样战战兢兢。儿子还会到网上搜一些相关的资讯给我，来缓解我的精神压力。按照他的说法，你要了解你这个工作的动态，了解它在社会上的位置，你就会找到自信了。尽管我接受了这项工作，但多半还是跟收入有关，内心还没有完全放开和放下，有时候还会有一点点异样，担心别人知道，担心给家人带来不便。儿子把那些资讯给我看的时候，也会在一旁评头论足，比如有些比较矫情的观点，他就会反驳。有的人说，死人并不可怕，死人是质朴的，你看到的即是你了解到的，而活人比死人可怕，因为活人你永远不懂。儿子说，这些都是好高骛远的说法，不仅矫情，而且还做作，有本事你永远待在死人堆里，看你还觉得质朴吗？有的人说，一个人，一个小房间，有时候单独工作的时候，一站就是几小时，就像医生做了个大手术，很有成就感。儿子说，这是把自己说好了，说高了，医生是救人，把本来可能会死的人救了回来，这是有成就感的，但处理尸体是预知不会出什么问题的，顶多只有完成感。有的人说，我相信人生没有终点，到了天堂又会是一个幸福的开始。儿子说，如果死亡是幸福的开始，那为什么没有人追求死亡呢，为什么人人都怕死？还有同行把自己的工作说得很神圣，说有爱，有温暖。儿子问我，你觉得神圣吗？你觉得有爱有温暖吗？我摇摇头，我努力回想着自己工作时的感觉，确实也谈不上有爱有温暖，只是觉得这是个来之不易的工作，要努力去做，认真做好，人家相信你，把去世的亲人交给你，你就不能敷衍了事，不能对不起人家。

# 业余爱好

我们这个工作还是相对自由松散的，有尸体，我们就给尸体化妆，没有尸体，我们就待在休息室里，看电视、看书，或闭目养神。休息室就在接收、登记、发牌那些窗口的后面，在冷藏室的对面，在告别厅下来的斜道边上，反正来来往往的人都看得见。我们当然也有办公室，室内有桌椅、电话、电脑、监控……但我们一般很少去，那是宝贵老师坐的地方，他平时也很少坐在里头，都是东跑西跑的。他其实也不是什么官，以前也负责尸体的接收、消毒、清洗、化妆，现在人手多了，他稍稍轻松了一点，只有安排和调度人员的时候，他才会在办公室里坐一坐。比如尸体多的时候，派谁再开一趟车啊，派谁再顶一个班啊，等等。宝贵老师比较喜欢我，一是因为我手脚利落，处理各种尸体的工作都能胜任；二是因为我是外地人，没那么多的社会关系，社会活动也少，我又喜欢赚钱，多给我派任务我还高兴。再说了，他算是我的启蒙老师，我也算是他的嫡传弟子，我们有师承关系，他多派任务给我也是对的。办公室真正的用场，就是跟家属洽谈和做调解工作。比如家属本来就对死者有怨恨，他们可能会在处理尸体的最后环节展开拉锯战；比如尸体毁了容，需要修补，家属偏偏要求还原到像死者生前一样，差一点都不行。家属们虽然不一定是针对我们，但是我们在现场啊，需要与之有个面对面的交涉，这就需要有个办公室来谈话。办公室外面的大空间，摆着沙发和行军床，那才是我们休息的地方。这个空间里最醒目的设备就是两台超大的热水器。为什么要两台？又为什么要超大？那是因为我们工作的特殊，随时要泡个面啊，洗个手啊，擦个脸啊，清洗尸体时添个热水啊，都是马上需要热水的事，不能等。

这里的一切都很平常，也许是我们待得久了，不觉得它阴森可怖，也不觉得它杂乱无章。唯一和别的地方不一样的是，这里的主角是尸体，享受着特殊的待遇。我喜欢告别厅上面那个匾额上写的——“天下最后福地”，说得多好。“最后”，就说明别的地方没有了，仅此一家；“福地”，就说明我们的工作性质不一般，说明对死者和家属都有好处。我们把这里搞得清清爽爽，没有一点难闻的气味，只是偶尔有一点硫黄皂和消毒水的气味。曾经有人说，化妆室的人，身上有一股尸味。不可能，这是瞎说。尸味是什么味呢？人死了，只要及时处理，处理得当，保持好温度，是根本没有什么异味的。要说人身上有气味，那也是活着的时候才有气味，因为活着，身体有功能，有代谢，才会产生各种各样的体味。所谓的尸味，是无聊的人没话找话说，是对我们有看法才这么说的，是生搬硬造想出来的。如果一定要说有什么味道，那也只能是我们闻到的、看到的，我们知道是怎么回事的、人生百态的味道。

闲余除了看书、看电视，闭目养神，我们还喜欢自娱自乐，就是由我来表演节目，这是我的业余爱好。那都是无聊的时候，工友们就会起哄说，来一个来一个。我一般也会扭捏一下。然后宝贵老师就说，来吧，怕什么呀，又不是中央歌舞团演出，我们愿意看，等于你就有了粉丝。我就清清嗓子，拿出我的拿手好戏，就是电视上常有的，和李玉刚一样的反串唱歌。我虽然来自农村，但长相还算干净；我虽然干过重活，但手指还算纤细，跷个兰花指什么的也不怎么费劲。其实，很多人都有这样的特长，只不过有人觉得有趣，会试一试，有人觉得无聊，就没去搭理它。我喜欢唱《新贵妃醉酒》，尤其是那段副歌，最能体现特色——“爱恨就在一瞬间，举杯对月情似天，爱恨两茫茫，问君何时恋……”还有《逐梦令》里的那一节——“逐梦令浮生半醒，谁薄命叹倾城盛名，我微醺面北思君，等天明憔悴入铜镜……”我在家的时候也会露一手，我老婆听得高兴，笑得捧肚子，前俯后仰。我儿子就不以为然，说这几首歌不是最难的，《蝴蝶泉边》就比这几首难，因为要唱得高亢，不是咿咿呀呀的那种，但最难的还是《黄四姐》，男女声转换的频率快，料他李玉刚也没有办法唱。儿子就在网络上搜了一段给我听，那真是难——

男：黄四姐。

女：你喊啥子？

男：我给你送一个丝帕子。

女：要你一个丝帕子干啥子？

男：戴在妹手上，行路又好看，做客有人瞧，我的干妹子。

……

女：哎呀，我的哥啊，你送上这么多啊。

男：东西这个少些什，你不要这么说……

反反复复有好几段，根本就不是吊嗓子的问题，非得有点特技不行。我练了好长时间，才敢在休息室里拿出来一试。

我最骄傲的一件事是录制了一段“哭颂”，也是用了女声唱腔，加上音效的关系，基本上听不出来是我唱的。当我们替尸体清洗、穿衣、化妆的时候，家属一般都站在布帘之外，也有胆大的家属会远远地探看，或犹豫着进来搭把手。这时候，也许是近距离地面对死者，家属都会情不自禁地呜咽和“哭颂”。我就是在这样的“哭颂”中做着自己的工作，这好像也是一种伴奏，一种工作氛围。但也有一些家属例外，要么是天生心肠硬，要么是不善于倾诉衷情，就没有哭，更不会这样“哭颂”。这时候，总感觉化妆室里少了点什么。少了情感的纠结，少了生离死别的气氛，我的状态和情绪，也会受到一点点影响。这时候，我就会拿出自己的小录音机，反复、轻缓地播放自己录制的那段“哭颂”：说死者的丰功伟绩；说他走得突然，辛苦一生都来不及享福，子女有出息了都还没孝敬他；说有他的庇佑，全家都过上了好日子，女儿家庭和睦，儿子工地安全，上下无病无灾，房子也买起来了，孙子考上了名牌学校，也收到了出国留学的邀请函，孙女谈上了恋爱，肚子里也“发芽”了；说原来有意见的邻居现在也客气了；说小区种了十年的芒果今年开花了；说四年没下雪，死者走的那天突然下雪了；说一切的一切都是因为有他的风水罩着……不管对得上对不上，比如西州是没有芒果的，但谁又会去计较这个呢，说好话一般人都是要听的。不管听得懂听不懂，有了这段“哭颂”，我就好像在那个氛围里，工作时会舒服一点。

到了化妆室以后，有两件事我是最有体会的。一是化妆盒，那是真正属于自己的东西，是手艺人的家什，是吃饭的饭碗，就好像木匠的锯和刨，瓦匠的斧和刀，瓷匠的金刚钻。馆里也确实很重视化妆盒，我第一天来化妆，就给我配了化妆盒，没有让我先看一看啊，先摸摸熟啊，或先借谁的临时一用啊。但馆里也忽略了重要的一点，没有考虑到个人的喜好，所以，配给化妆师的是千篇一律的化妆盒——统一规格、统一颜色的铁盒子。

我原来用的那只铁盒子是黑色的，虽然格子很多，功能也齐全，但感觉它硬邦邦、冷冰冰的，拿个东西都会叮当作响，就会感觉它没有人情味。我用了一段时间后就把它换了。我觉得在我们这里，其他东西都可以将就，但是这个化妆盒不能将就，它是和死者发生关系的东西，也是带着我们情感的东西。我把它改成了有点“女人味”的那种盒子，木质的，做了很多小抽屉，外面裹了绒布，用树脂拉链拉好，打开来像一个百宝箱。我的想法很简单，我现在不是修车的了，拿的也不是钳子和扳手；我是在化妆，服务对象有老人和小孩，有男人和女人，而且他们是准备去赴一趟特殊“约会”的人，是马上要远行的人，前面的路也许漆黑一片，也许寂静无声，也许没有伴说话，也许没有人玩耍，也许他们就是去那边睡觉、做梦的。所以，我们化妆的人要格外小心，使用工具时不能冷冰冰，不能硬邦邦，不能叮当响，不然会坏了环境，坏了气氛，也会让死者难堪，给他的家属留下不好的印象。我的盒子里是各种各样的小工具，有小孩用的，有老人用的，也有女人用的；有理发剪、电吹风、摩丝和发胶；有粉底、口红、腮红、眉笔和各种刷子；还有海绵和橡皮泥，那都是一些填充物，能把死者脸上的沟沟坎坎修饰得更好。给尸体化妆，不光是面对尸体，说到底是化给家属看的，是在为家属服务。家属满意不满意，第一眼会先看化妆盒，化妆盒就代表了化妆师的态度，在化妆盒上下功夫，家属马上会感觉到这个化妆师是专业、敬业并且有人情味的。

大家都叫我们化妆师，我们自己也这么叫，这是通俗易懂的说法。正式的名称应该叫“入殓师”，但那个称呼好像又太书面了，太文绉绉了，说了别人也听不懂，说不定有人还会问，“入殓”两个字怎么写？解释起来也麻烦。

第一，化妆师的手要特别巧，这是肯定的，不巧化不了妆。虽然不一定能将遗容修饰得像生前一样，但也会有一个基本的审美，要是化的妆像灶王爷一样，自己都看不上，家属还会满意吗？手巧不仅仅体现在化妆上，还体现在清洗、消毒和穿衣上。清洗不能太烦琐，太烦琐了没意义，清洗的时间太长了，家属就会不舒服。消毒也是点到为止最好，但又不能太简单，太简单了像是走形式，就会有敷衍之嫌。所以，这就要看你的手法，手法熟练，恰到好处，家属就会觉得你是内行。穿衣更是这样，不仅要手巧，还要力气大。有一句俗话说，比死人还重。这不是说死人有多么重，而是指死人是不会借力的，完全依赖于你，就会显得特别重。你能背一百八十斤的活人，但绝对扛不了一百八十斤的秤砣，就是这个道理。这么“重”的尸体，完全靠你一个人翻来翻去，那得要多大的力气去平衡、去协调啊？这就说到了我比较有体会的第二件事，即化妆师要力气大。给尸体穿衣服不光要靠力气，还要靠心灵手巧，要借巧劲，所谓“四两拨千斤”就是这个道理。这时候，尸体已完全僵硬，肢体都不听话了，你怎么把尸体抱起来，给左手套上袖子，让右手伸出来，都需要技巧。还不能让家属看着觉得生硬，如果你做得像虐待尸体，就算是把衣服穿上了，那也是失败的。

我的力气没问题，手巧也不是问题。我本来就是学修车的，修车的人必须力气大。尤其是修那种大车，要躺在车底下干活，特别需要臂力。修车的人还必须手巧，不然，客人等着开车，你却修半天都修不好，还怎么吃这碗饭。就是换换轮胎，也需要力气和手巧。把钢圈的螺丝松开，把车子顶起来，把轮胎卸下来，在转盘上把轮胎绞出来，都需要力气。检查轮胎的问题所在，修补轮胎，把轮胎卷回去，贴合得天衣无缝，则需要手巧。

这样的身手，才能胜任化妆室里的工作；这样的身手，料理起尸体来，才能绰绰有余。

# 公墓丽影

中国人的墓地一直有一种神秘感，无论在什么地方，无论大小，都一样。据说，国外的墓地就不大一样，随随便便地安排在路边，布局自然，植物丰富，乍一看像一个私人花园。我觉得，这可能和墓地的样子有关。我们的墓地，不仅千篇一律，造型也比较死板；国外的墓地就不一样，高高矮矮、大大小小、各式各样，有的甚至还带有艺术性。我回老家的时候，对墓地也没有异样的感觉，一般都是一个小土丘，就在自家的附近，或在自家的田间地头，眼睛够得着的地方。这也没有什么特别的说法，就是自然的样子，既方便，又能感觉到这个亲人还在，并且在自家的范围里。虽然他与你的联系断了，来往没有了，但他与你的关系还在，你就会下意识地去关注他的墓地。偶尔经过的时候，你会忍不住看一眼；边上长草了，你会伸手去理一理；有了什么心事，你会上前去说一说；逢年过节了，也会去烧个香摆个供，总觉得死没有那么神秘，那么骇人。我在想，我们有时说点唯心的东西也是需要的，能让自己有所期待，心里面有一条情感的纽带，才不会把生死看得那么绝对。要是太唯物了，什么事都从实际出发，有就是有，没有就死心，那期盼和幻想的东西就会越来越少，就不敢再有期望了。

有了公墓以后，墓地的神秘感也被放大了。你一般只会去自家亲人的墓地，而这么大的一片公墓，里面到底还有什么，你一点也不知道。原先西州人送葬，有个传统，不管墓地在哪里，都送到城门外止步，因为那里以前是乱坟岗。后来大家都有了厚葬的条件，一般都会选好山好水的地方，墓地的样式也变漂亮了，都在往威严气派上发展。有一段时间，我们经常听到什么整治“青山白化”，说的就是这个，治理的就是那些特别气派的、面积特别大的、特别惹眼的墓地。公墓的出现解决了山地流失的问题，但也让更多的家庭增加了在墓地上的投入，因为墓地样式和规格统一了以后，就很难体现出好坏差异了。这也让建公墓这项善举有了许多世俗的色彩，比如公墓被分出了三六九等，人们对墓地有了地段、朝向、高矮、配套设施等不同要求。尽管人们漠视我们，漠视我们的工作，但在墓地上花钱，那还是毫不吝啬的。

新馆后面的公墓也是很漂亮的，既是馆里的配套工程，也是西州为数不多的国有公墓。鉴于工作的关系，我们平时在馆里忙忙碌碌，也很少到那里去。到目前为止，我都不知道那里面有多大，有多深，有些什么内容，反正远远望去像那种深宅大院。

西州最早的公墓，是安葬烈士的。不管什么地方，总有一些为国捐躯、为人民利益牺牲的人，有烈士公墓，我们就会经常想起他们。新馆这里的公墓最有气氛，因为就挨着新馆，每天都有人哭啊喊啊，每天都有车进进出出，或肃穆相送，或由仪仗队陪护，或虔诚，或应付，老的去了，新的又来，要是葬在这里的逝者在天有灵，一定不会觉得寂寞，一定会很高兴。安平山本来就是一座好山，它虽然不像泰山、黄山那样有名，但它是这里风水最好的山。风水的构成就是这样，要有好的山势，有自然形成的怀抱，有充足的日照，有绵延的山脉在后面撑着，有山脉繁衍出来的河流，河流绕过前面的村庄，滋润和养育着一方土地。这些条件，安平山都具备。关键是馆里的公墓是国有的，有国家的投入，有大方的布局，有很好的绿化，有严格的管理，这更有优势。馆里的公墓销售处，每天都围着许多人，这些人都是来买墓地的，对他们来说，这跟买房子没有什么两样，全家出动，再三光顾，再三讨论，集中一家人的智慧，因为这关系到子孙后代的荫福。最有亮点的是它的名字，它不叫公墓，叫纪念园，听起来特别舒服，好像长眠在这里的人一下子有了档次一样，来祭奠的人也一下子觉得神圣了，不叫上坟、扫墓，而叫缅怀，或叫寄托哀思。

一天，老家的老五来找我，说要给他的妻子买个墓地。老五的妻子病了很久，前几天去世了。她得的是白塞氏病，一种听都没听说过的疾病。开始怎么也查不出来，以为是皮肤病。为什么？因为她的口腔、眼角老是溃疡。从县里坐一天的车到昆明的医院去看，也说是皮肤病。回来以后全身无力，路也走不动了，只好去了上海。上海的医生就是厉害，一看，就说，你这是白塞氏病嘛，特征很明显。什么特征？该病俗称“口眼外阴综合征”，也就是说，这三个地方都会反反复复溃疡，层出不穷，怎么也好不了，这是免疫系统出了问题。老五看了看妻子，她就是下身溃疡不好意思说，所以那些医院的医生的判断就出了偏差。我们乡下人愚钝，有些话就舍不得说；换了城里人，就是把裤子脱下来让医生看一看，又怎么样？上海的医生开了一些对症的药，老五的妻子吃药后也维持了好长一段时间。有一阵子，听说她好起来了，会下地了，能走路了。但后来复发了，又重新住进了医院。前些日子，我们老乡又凑了一些钱，买了德国的药回来给她治病。听说这个药打下去很灵，说她能坐起来说话了，还要饭吃。其实是回光返照。在恢复情况最好的那个晚上，她到后半夜就死了。宝贵老师说，病危的人突然要吃饭了就要当心，那很可能是因为感觉到自己要死了，怕日后在路上饿着，想拼命地撑一肚子食物去。因为她走得突然，所以，墓地也没有准备好。

这事也是老乡们说起要来找我的，说那个谁，原先在哪里修车的，现在在殡仪馆当化妆师，他应该知道哪里有墓穴。这话都是七嘴八舌的时候带出来的，平时也没有人会专门说，说了觉得晦气。其实，我的保密工作也是做得蛮好的，在西州的云南人也不少，只要我知道死者是我们老家的，是云南那边的，我一般都会极力回避，免得以后大家碰到了反而不自在。另外，我的工作要是太公开了，对我老婆和儿女也有压力，说起来确实也不好听，让人不舒服。老五是特地找上门的，这又是另外的说法，人家求你来了，这个忙肯定是要帮的。

我就带老五去了公墓销售处，噢，不，是纪念园销售处，去找苗绣。在路上，老五问我，你是在馆里做事的人，能不能给我打折啊？我说，这个我怎么问得出口？再说了，打折也是给我打折，这也不对啊，我不要打这个折。老五就不好意思地说，那是那是。我说，这些话你问都不要问，问了多难听，人家会说你给妻子买个房子也舍不得，心就不纯。老五听听觉得对，就红着脸不响了。

苗绣是我们馆里的新人，其实她来这里工作也有好几年了。我们对她的印象都是蛮好的，但对她的情感却又是很复杂的，既羡慕又嫉妒，既同情又可怜。她做过好多工种，在接收窗口开过票，在大厅做过接待员，勉勉强强地也做过司仪，现在在纪念园那里卖墓穴。前两项，就像百货商店的营业员，跟尸体没什么关系；后两项，稍稍地和死人沾了点边，但从内容上看，也还是相差甚远，当然，这是跟我们化妆师比，跟火化师比。

她是通过考试考进来的，是事业编制。在馆里，除了那些领导、行政人员，她比其他人都优越，都要上一个档次。比我们就更好了，我们是临时工，是合同工。当然，我们这个“临时工”也很特别，一般不会有人来取代，谁愿意跟我们争这个饭碗呢？但苗绣不一样，她是事业编制，只是比公务员差一点点，只要她自己不嫌弃，她可以一辈子都待在馆里。说起来，苗绣也是贼胆大。什么叫贼胆大？就是她在什么都不知道也不了解的情况下乱考，就考到我们馆里来了。馆里当时公开招聘的岗位是化妆师，但没说得那么具体，而是美其名曰的“殡仪服务人员”，要求有大专以上的相关专业的学历。苗绣是学礼仪服务的，也许是鬼迷心窍了，也许是报名的人太少了，也许是真的想工作想疯了，她就这样考过来了。

给她定的岗位自然就是女入殓师。这个岗位太重要了，没有它，就好像综合大学里少了一个重要科目，而有了它，就说明馆里的技术岗位设置是完善的，技术人员配备是齐全的，如果要参加什么考核验收，硬件上就符合了。但馆里还是心软了，出于人道的考虑，也怕她一下子不能适应，就没有安排她在“一线”锻炼，只是先让她缓一口气，熟悉熟悉情况。她先是去了接收窗口，穿着工作服，坐在柜台里，和家属讲话都是隔着一层玻璃，用电脑输入死者的名字，在机器上数钱，吱啊吱啊地打发票就好了，无非是待人要客气一点，耐心一点。一般家属来到殡仪馆都是不知道门路的，你要是引导一下，家属就会特别感激，感觉很温暖。后来，苗绣又去了接待大厅，接待的内容就是订花圈、写挽联、布置灵堂、安排告别厅、和家属洽谈，顶多再加个介绍骨灰盒等等。这些事细起来很细，粗一点也没有关系，就看你有没有用心，有没有急家属之所急，想家属之所想。你有心了，安排周到了，家属就会觉得这地方其实并不冷，甚至还有点人情味。比如挽联，你可以介绍一副“放之四海而皆准”的，我们馆里那本挽联集里就有："终生勤俭遗佳风，一世清明留典范。"如果家属的文化程度不高，没有什么要求，你送他一副挽联，他已经很高兴了，哪里还会嫌好嫌坏呢？但如果你讲究一点，解释给他听，说这副好："天上正缺一轮月，地上还钟百岁人。"同样是挽联，明眼人一看就有数，后一联气魄大。所以，与家属沟通很重要，多问几句，了解一下死者生前的职业，性情怎么样，有什么丰功伟绩，心里有底了，再请人认真地撰一副挽联，家属就会觉得亲人虽然死了，但"音容笑貌犹在"，就心满意足了。苗绣毕竟是大学生，在这些方面，她比原来老馆留下的阿姨老伯要做得好。

有一段时间，我们都没有看到苗绣，开始还以为她去做司仪了，和我们吃饭的时间错开了，就碰不到人了。后来才听其他工友说，苗绣被局里借去了。借去做什么？是不是意味着她要调走了？其实也没有什么，主要是局里事多，人手不够。鉴于西州的特殊情况，市里新增了一个"新移民管理局"，挂靠在民政局下面，作为"二级局"，苗绣就被借调去那边帮忙了。

西州有九百万人口，但据说，只有三百万是本地居民，其他的都是外来的。就像我，因为老家闭塞、落后，因为西州的经济活跃，机会相对比较多，就举家从遥远的云南迁来了。我们开始是来打工的，想赚点钱就回去，买牛，盖房。我们以前都觉得老家是不能离开的，离开了就没有根了。现在想想，这样的想法实在可笑，地球都是一个村了，哪里还分得这么清楚，还你的我的。我们都觉得西州蛮好的，气候也和老家差不多，很适宜我们生活，就举家过来了，把亲朋好友也引来了。这里的人口就这样慢慢地多了起来。新移民管理局就是管我们这些人的，要对我们这些人进行统计，管理起来，安排我们的吃喝拉撒睡，这是一个多么浩大的工程，想想都觉得非常可怕。

听他们说，苗绣在局里是很卖力的，什么事都抢着干，深得领导的器重，也深得大家的喜欢。我想，她是不是在走“曲线救己”的路子，想跳出殡仪馆，想蹦跶到那边去。这当然是可以理解的，说白了，苗绣的尴尬，其实也是殡仪事业的尴尬。像我们殡仪馆，说起来是社会非常重要的组成部分，承担着非常重要的一项社会工作，但我们知道，其实是没有几个人把我们当回事的。当然，苗绣的努力最后还是泡汤了，在局里待了几个月，还是悻悻地回来了。原因就出在她的身份上，她的身份是入殓师，是给死人化妆的，但化妆的工作她一天都没做过，还想留在局里搞行政？马上就被人举报了。局里也不好留她，谁敢担这个责任呢。

苗绣回来后，原来的岗位也没有了，被别人给顶掉了。在馆里，接待啊开票啊都是好工种，就是司仪也不错。而化妆，她是真的一点也不想做，或者说是真的一点也不敢做。那是个完全未知的工种，她自己都不知道自己到底能不能承受，会不会发生意外。那就只能在别的工种再待一待吧。这里是殡仪馆，这个地方由不得她，她就只好去了纪念园。

纪念园的工作其实还是蛮多的，要钻研进去，其实也是有学问的，还可以有大作为。不光是简单的推销墓地，像民间比较讲究的风水啊时辰啊什么的，可以钻研一下。封龙门倒是个泥水活，女同志干不来，但也可以和“一条龙”挂上钩啊，那就更有讲究了。

纪念园就在殡仪馆的后面，在山边上，像一个风景区的入口处，远看绿荫覆盖，近看青松翠柏，缓缓地从台阶上去，感觉曲径通幽，有阳光从南面斜照进来，光怪陆离的。

销售处外面，每天都会有一些人站着，三三两两的，探头探脑。他们不是来买墓地的。一般的买家，要么在里面洽谈、看样，要么是上山探点、考察；而这些人，是一拨怀揣着特殊任务的人，也是来碰碰运气的人。我和老五过去，他们就围了上来，打听是为谁买墓地，男的女的，年纪的大小，是否离异或独身。老五不明白，有点傻愣，他毕竟是初次来到这个地方，东南西北也摸不清。我虽然也不大清楚，但曾经听工友讲过他们是干什么的，就悄声对老五说，别理他们，你管你自己。销售处里面，已经有一拨人在交头接耳地说话，看样子是洽谈上了，只是还在犹豫和别扭。也是噢，要是双方情投意合的，早已经一拍即合了。销售处的老司是一男一女，他们的工作性质，虽然不是直接面对死者，但也是在为死者服务；虽然是在搞销售，但也是在做好事。是啊，墓地也是关乎死者又关乎生者的千秋大业。见我们进来，见生意来了，两位老司就站起来打招呼，并叫里面的人到外面去，又小声地叮嘱双方，要互相尊重啊，不要勉强啊，阴亲也是亲啊，匹配最要紧啊。现在知道了吧，这些人也是来谈生意的，而且是一门特殊的生意——配阴亲。

男老司早先是农校毕业的，学的是园林专业，学过种植，认识花木，还擅长布置和管理园林。如果是在宾馆、机关工作，他都会觉得是学以致用，但分配到了馆里，他也很无奈，现在只能来管管纪念园了。女老司就是我说的苗绣，我们曾经在一起工作，她接收、登记，我化妆、料理，正好有工作衔接的关系。馆里的工种都是和死人有关的，想好也好不到哪里去，但纪念园算好的，就看她自己的心态了。苗绣告诉我，刚才来配阴亲的那拨人，在这里都守了好久了，今天好不容易逮住了一个，就黏着家属不放了。我问，女方也有这个意向吗？男老司说，有是有，但死者是个学生，所以家属还犹豫着。我又问，男的是出老千被人打死的那个吗，当时他就是我化妆的，脸肿得敷了冰都消不下去，这一过都好几年了，还没有落实啊？男老司说，配阴亲也讲究人品啊，也是一辈子的事。说着，大家都相视笑了一下。

配阴亲在我们老家是没有的，但西州有。若是年轻的还没有成亲的死者，家属怕他们在那边寂寞，就想着给他们找一个伴儿，希望彼此会给同样不幸的对方带来好运。这事不能说好，也不能说不好，只能说是家属的一种美好愿景。我又问，现在说得怎么样了？男老司说，女方还不同意，说死者年轻点也没关系，在那边总会大起来的；说读书不好也就算了，反正在那边也用不上。但赌博的肯定不行，还打架，无赖加流氓，到时候在那边家暴怎么办，报警都没人接。我问，那男方怎么说？男老司说，男方家长当然说会改好的，人都被打死了，他在那边还不吸取教训啊？苗绣插话说，我支持女方，原则问题，不能妥协，重要的是，这还关系到女方的家族声誉。说得像活人找对象一样。说着大家又嘎嘎地乱笑起来。

接下来，我们谈老五的要事，买墓地。墓地的详情都在电脑里，苗绣就打开来让老五看。老五根本看不懂，我还有一点点概念，就和男老司及苗绣交流起来：朝东片是这样的；朝南片是那样的；北边还没有墓地，因为背阴，太阳晒不着，太冷，“住”在那里不舒服；西边正在开发做别的用途，等会儿再说。男老司是销售处的主事，墓地的位置和价格都在他心里，什么位置什么价，最后都要他拍板。苗绣刚来不久，是辅助的。所谓辅助，就是还兼着打杂，比如上山带路啊，实地看墓地啊，联系后续事宜啊，等等。在电脑上显示出来的墓地，都是些五颜六色的小格子，就像电影院里的购票界面那样子，红的是最好的，黄的次之，蓝的是已经订出了，白的是还没有主的。就是朝向和高矮看不出来。苗绣说，朝向也是相对而言的，你一定要正东或正南，那是没有的，都有点偏，是故意这样做的，正东、正南是皇陵和庙宇的朝向，普通人哪受得起？又说，这样说不清，我们上山看吧。苗绣在业务上也很熟练了。于是，我和老五就跟着她上山去了。

从牌坊下进去，走上了青石台阶，左右两边都是翘檐的亭阁，里面是石桌石凳，可以想象，要是到了清明，这里一定坐满了扫墓的人、歇息的人。一路浓荫密布，越是往里走，越感觉清香也围绕在身边，身上也慢慢有了凉意。旁边是一片片墓地，我们从前面经过，竟也没有感觉异样。只是一些墓碑上的照片看着太年轻了，太精神了，忍不住凑近一看，还真是英年早逝的，免不了一阵唏嘘。东南片的墓地相对好一点，所谓好，也就是前面开阔一点，视线好一点。其实墓地本身也无所谓好坏，都是青石凿的，水泥砌的，都是一样的规整，一样的刻板。我告诉老五，位置找起来方便，沿途走过来不别扭，就是好墓地。苗绣也说，其实就是头几年过来走走，时间一长，什么情况都可能发生，到时候就不一定了。说得也是。

看了东南的一片墓区，基本上心里就有数了。又转到了西边。西边，完全是另外一幅景象，犹如公园。苗绣说，公墓毕竟是政府投入建设的项目，做这些，不仅要有公益意识，还要在观念上加以引导，这片墓区是不同于中式的做法，也说不上是欧式、美式的，就是不让人感觉到异样即可。定睛看去，除了一些躺着的石碑，墓地的其他部分都是树啊花啊，确实也是有安排有设计的。苗绣说，现在我们在推广树葬和花葬，生意不怎么样。又说，我们还有海葬的设想，但到目前为止一次也没有搞过，因为没有人报名啊，尽管政府也有补贴，但把亲人的骨灰撒掉，家属还是舍不得的。我看了看老五，说，你现在老家也没人了，子女也都在西州了，你也不会把妻子送回去，海葬了怎么样？老五拼命摇头，说，我也舍不得，骨灰撒了就没有了，撒了就没有念想了，那是不对的。我觉得老五说得也对。

我们继续往山上走，很快便到了山顶，回首一望，眼前是层层叠叠的楼房，远处是薄雾绵绵，再远处就是连天的江海。我正在感慨，忽然发现身后有两处排屋，觉得奇怪，就问苗绣，这上面怎么还有房子啊？苗绣感慨地说，这里面都是些没法安葬的骨灰啊，暂时寄存在这里，所谓“何处安魂”，就是这样。排屋其实不是屋，里面是一排排隔栅和架子，上面也有编号，放着大大小小各式各样的骨灰盒和瓶罐。没有人知道这些死者的难处，但难处一定是颇大的，否则，谁愿意待在这凄凉的山顶上和这荒芜的孤房里呢？苗绣说，我知道两个故事，说给你们听听。有一对夫妻，不知什么原因早年离异，后来又都各自嫁娶。很奇怪，这两个人又都先于后来的配偶死了，临终前，他们竟有将骨灰安放在一起的意愿。但他们后来的家庭和子女都不同意，他们的骨灰盒就只好这样孤单地搁在这里，遥遥相望，却走不到一起，也不知他们的家人是怎么想的。还有一位老人，有三个子女，大概是生前处置家产时没有摆平，使得子女之间的芥蒂越来越深，并在如何安葬老人的问题上达不成共识。绝的是，三个子女各自拿走了一张办丧事的票据，即死亡通知、殡仪发票、火化证明，这些都是安葬老人时缺一不可的，这样一来，谁也不能擅自处理这件事情了，可怜的老人，骨灰盒就这样被晾在这里了。你说这些子女熬油一样在熬什么呢？熬各自的脾气，还是在熬老人？

正说着，山下鞭炮声大起。苗绣说，一定是有人火化好了，要上山来了。这是聪明之举，把墓地选在这里，既方便了死者，也方便了家人。这里每天都热热闹闹，人来人往的。我们正要往下走，但台阶已经被别人封锁了，几个光头黑衣的大汉往那里一站，要我们等一等，等他们的队伍走完了才能放行。大汉们说完就背过身去，一律身板挺直，一律双手背在身后，一律目视前方，迎接着他们的送丧队伍。这是纪念园的主干道，台阶又宽又矮，很容易走出仪仗队的步伐。顺着台阶往下看，都是光头黑衣的大汉，都是双手背在身后，差不多是十米一岗，像黑社会的保镖。再看向远处，山下的入口处正在举行什么仪式，因为那些人是晴天撑伞，看不清他们具体在做什么。我对老五说，这叫踏红，我也是到这里才知道的，你也学着点，到时候也许会用得着。送葬者要烧一堆旺火，把挽联啊袖套啊花圈啊都烧掉，人也从上面跨过，算是把晦气邪气都烧掉了，图个吉利，也算是消消毒。然后，我们就看见一队撑着黑伞的人一点一点往上挪，比较做作，也比较张扬。我们耐着性子等了半天，等他们过去了，等他们都撤了岗，才悠悠地下来。

回到销售处，苗绣饶有兴致地要男老司查查，今天是谁家的安葬仪式，这么夸张。男老司就打开电脑，馆里的一切事务都在电脑里记着，灵堂里有谁，化妆室里有谁，告别厅里有谁，火化间里有谁，墓地里有谁，日程都排到了一周以后。男老司查了一下，说，不就是那个开澡堂的阿唐吗，那天来买墓地时也很强势，非要哪一穴不可，加价也可以，你忘啦？苗绣就“噢噢”，然后嘎嘎地笑起来，说，澡堂里到底有的是人，那些光头黑衣的大汉一定都是在澡堂里擦背的。又说，光头倒是好办，剃一下就可以了，这黑衣嘛，还得费些钱，用大用大。说得我们都笑了起来。

老五最终给妻子买好了墓地。有没有优惠我不知道，我叫他别问，他就没有问。按理说，应该是有的，我在馆里也这么多年了，大家都有面子，只是不提打折的话而已。男老司谢了这一单生意，苗绣就把我和老五送出来，一边走还一边交代了一些细节：安葬前要早点到山上报个到，不要临时才去，门口那里有香烛放着，一对蜡烛三支香，在自家的墓穴上插好，看山的人就知道你们来签过到了，他会到我们这里来核对日子，会帮你安排好的。你忙你的事，这里不用操心，放心好了，我们都是这么做的，很规范的。末了又说，扫墓的日子知道吗？冬至前后几天、清明的前三天或后四天都是不用挑的，都是好日子，其他的日子，你要去问一问、挑一挑才稳当。我对苗绣说，你现在也慢慢内行起来了。苗绣说，有什么办法呢，已经在这里了嘛。我又问，最近还去游泳吗？苗绣说，游，不游难受。苗绣一直不喜欢这里的工作，总觉得脏，开始是每天洗澡，后来是越来越严重了，每天下班了不回家，先去少体校游一游泳，在水里泡一个小时，像有强迫症一样。

少体校就在殡仪馆门口的这条路上，再往下走一段就是。

# 做好事

给尸体化妆的钱，家属一般都是愿意出的，虽然要150元，但化过妆和没化妆，完全不一样。这可不是一般的化妆。哪怕是给尸体穿衣，你就是想自己穿，也不大可能，也许抱都抱不起来，弄不好还会把自己吓死。所以，西州有一句俚语——自己的头要别人来剃，说的就是这个道理。给尸体整容就更不容易，不同的尸体需要修复的程度都有差异，比如毁容的、身体破损的、手脚残缺的。化妆师职称考试里还专门有一项，叫作“根据目测，结合所用的材料，预计出修复一个残缺尸体所需的价格”。我曾经修复过这样一个尸体，车祸导致尸体被拦腰截断，当时估价是一万元，专家“会诊”后也觉得合适，但修复起来还是有些难度，原因是还有些细节没有考虑到：比如死者的身高，肚子是不是将军肚。后来，我向家属要了一张死者生前的全身照，大致判断出尸体的体积，用足了材料做起来，家属才算满意。但负责赔偿的交运公司有意见了，说一万块钱补一个尸体，太贵了。这是个题外话，但有时候就是这样，索赔不光是钱的问题，常常还夹杂着人的情感和意气，要不你谈不下来，解决不了纠纷，所谓的拉锯战，争来抢去的都是这些东西。

一天下午，要火化的是一个一岁半的小孩的尸体。宝贵老师交代说，给他化妆化得好一点，化好了妆就烧，没有仪式。又说，你知道是什么意思吗，这个小孩生前一直在生病，没怎么好看过，所以，要尽量化得好看点，给家长一个安慰。

不化妆或不搞告别仪式，这种情况也常有。但死者往往不是独立的，都会有亲朋好友，也会有社会关系，对各种关系都要有个交代，有个了结，那就得有个告别仪式，就得化好了妆让人告别，而不是简单的"人死如灯灭"。也有死者是真的没有告别仪式的，比如生前犯了重罪，家属不敢声张的；或自杀得有点蹊跷，问起来麻烦的；或"无疾而终"，死因说起来难听的；或家属极度悲伤，再也承受不起任何仪式，也真的没有社会关系的，那就没有心思做什么告别，那真的叫"草草收场"。

几天前的中午，我就碰到一件这样的事。火化间的外面，几个人黯然地坐着，有老有少，有男有女，男的蓬头垢面，女的还怀着身孕，身边是红白蓝条的编织袋，嘴里啃的是隔夜的干粮。他们在等什么？等他们亲人的骨灰。他们是几个坐夜班车赶来的外乡人，他们要接走的是客死他乡的亲人，是他们的儿子、兄弟或丈夫。他生得卑微，死得凄凉。他们来，不是为了送行，而是为了接他回家。没有人会去注意他们，就是注意了，你又能为他们做什么呢?

后来，我了解到，那名死者是一个在工地里做普工的四川人，被运土方的大卡车倒车时撞死了。工地的活又脏又累，一般人都难以承受，都是些初来乍到或找不到其他工作的人。工地还在做土方，用的那些车开得特别快，那个人就是被这样的车撞死的。出了这么大的事，车主马上就逃了，包工头也失踪了，死者只好被送到殡仪馆。公安好不容易找到了死者家属，他父亲是从四川赶过来的，老婆是从深圳赶过来的，说要不是人死了，他们才不会来这里呢。公安告诉他们，很遗憾，这个事故现在没办法赔偿，因为车主和包工头都逃了，据查，身份证、驾驶证，都是假的，人根本就找不到。家属也没有哭，他们本来就不是为赔偿金而来的，他们没有赔偿的概念。当馆里告诉他们，尸体冷藏了好多天，要交多少钱时，他们都哭了，说这么多钱，他们怎么付得起啊，那这个尸体他们就不要了，要这个尸体干什么，一点用也没有，他们为了他来，路费也是借的，都已经欠了好多钱了，他们回去的路费还没有着落呢。没有办法，馆里只好将费用免了，还送了一个骨灰盒。

那天下午要火化的小孩也类似这种情况，他的社会关系就是他年轻的父母，一对乡下小夫妻。我知道，这个小孩的尸体也冷藏好多天了，是我去医院接收来的。去医院接收尸体的工作，我早已轻车熟路，在医生的陪同下，从家属手中接过死亡通知书，在太平间办理了交接手续，最后核对一下尸体，这些环节每一步都要有手续，都要有人证。我当时掀开白布看了看尸体，也心疼得难受，一个小不点，还不会笑、不会走、不知外面的世界、不曾被大人疼爱过，就离开了人世，这和看见那些老人去世，是完全不同的感受。面对每一个死者，我第一眼都会看看死亡通知书上的年龄，如果是年纪大的，我不会想太多；如果是中年人，我心里会咯噔一下，会猜想是怎么回事呢；像这个小孩，我心里只有难过，心痛。再看看小孩，脸上是一些未曾痊愈的溃疡，连脖子和胸前都是。小孩的父母年轻、老实，一看就跟我们一样，是乡下人。也许是长久的辛苦消磨了他们的元气，他们已看不出悲伤，也许是太疲惫了，他们一直无力地靠在一起，欲哭无泪。我说，是因为生病走了？小两口看着我，点了点头。

我原来以为，小孩的尸体稍稍冷藏一下就会“走”的，但这一放，就放了二十多天。这期间，那对小夫妻来过几次，每一次都是无助地站在冷藏室外面看一下，也不知说什么好，然后默默地离去。他们的小孩就躺在冰柜二层三号的格子里，在一个粉红色的尸袋里，被包裹在医院白色的被单下。可以想象，小孩身上一定沾着晶莹的冰霜，一定是很安详的样子，像个小天使。但是，他们没有办理手续来打开冷藏室，来看看自己的小孩。

现在，因为要化妆，小孩终于可以出来了。宝贵老师对我说，他没有漂亮的衣服，从医院ICU那里出来后身体就一直是光光的，像一条鱼，所以，你要用心化妆，化得好一点，让他父母看看。我知道，越是没有告别仪式，越是马上要火化的尸体，越是说明情况特殊，越是不能马虎。因为化妆、告别、火化都不是一件小事，不能混为一谈。小孩父亲告诉我，小孩得的是4S病。4S还有病？我很诧异。我以前修过车，知道有专为小车维修保养的4S店，没想到疾病里也有以4S命名的。小孩父亲说，我们只知道叫4S，病历上也是这么写的，医生说叫什么葡萄球菌性烫伤样皮肤综合征。我说，这是什么病啊？怎么就这样了呢？小孩父亲说，我们也不懂，说是细菌性中毒，表皮坏死。先是起了一块块红斑，像烫伤了一样；接着皮肤长了脓疱；再就是表皮松弛脱落；最后就引起败血症了。我后来才知道，他们是文县人，生活贫苦的人对于疾病都不会想那么多，也不会太上心，总是先熬一熬，等等看。等小孩皮肤起疱了，掉皮了，一切都晚了。小孩被送进医院后就没能出来，死了才出院，小两口是悲伤地空手出院。他们用了很多钱，大部分还是借的，最后也没有把小孩医好。小孩在冷藏室里放了这么久，就是因为他们欠了医院的费用没有结清，医院的死亡通知书没有签给他们，他们就没有办法办理火化手续。小孩的父亲也许是悲伤得麻木了，他在说这些的时候没有一点表情，好像在说着一件与他毫不相关的事情。

这不行，这个化妆费我们不能要，馆里的冷藏费和其他什么费也不能要。

我知道馆里有许多减免费用的办法。当然，那主要是为名人设立的，是给国家功臣、老革命家、劳动模范他们享受的，这没有错。也有一些减免费用的名额是被特殊情况占用的，比如凶杀案的罪犯逃跑了，一时结不了案，死者只好先冷藏着。等到以后破了案，时间拖了这么久，冷藏费也早已积少成多了。这笔费用怎么办？公安、家属都不会出，只好免了。我也想帮帮这对小夫妻。他们的小孩死了，钱也花光了，我们现在还要向他们收化妆费、冷藏费以及其他费用，就有点说不过去了，好像没有人性一样，这个钱也应该免。我不管小两口怎么说，拉起他们就去找宝贵老师，宝贵老师也同情小两口，也觉得我的提议对。照他的话说，化妆是自己经手的，没关系；冷藏室开着也是开着，柜子空着也是空着，就好像停车场的车位，暂时停一停有什么关系；其他的那些费用也都一样，就当是节能减排没做好，消耗了一些能量，又能怎么样。但这事宝贵老师也做不了主，他只是负责统筹，顶多算一个中层干部，但宝贵老师知道，这事找馆长、副馆长都没有问题。馆里的人，都是些和和美美的人，我们的工作性质也决定了我们的心地和境界。我们带小两口去办公室把整件事一说，馆长、副馆长就都签字了。

现在，轮到我给这个小孩化妆了。我想，小孩一定是喜欢我的化妆盒的，他一定喜欢这种稍显女性气息、带点装饰、暖色调的木盒子，他也一定听不得那些叮叮当当的声音。他还未入世，身上纤尘不染，虽然得了4S病，身上一片片红斑，有松弛性大疱，有脱皮的现象，小手也因为脱皮像戴了个花手套，但这些都已经成了过去。我告诉小两口，从现在开始，我们要让小孩漂亮起来，你们就当他是文身了，文了牡丹和玫瑰。小孩的眼睛，因为溃疡结了痂，我就给他化得黑一点，感觉他有浓密的睫毛，如果他能够睁开眼，那一定是又黑又亮的大眼睛；他的脸颊上也有红斑，我就用130号粉打了两次粉底，那是专门给小孩用的粉底，再画上一只小蝴蝶；他的嘴唇也起了疱，我就用鲜红欲滴的唇膏，把那些疱给盖住了；再给他身上系了粉色的绸带，有飘飘欲仙的感觉，简直就是天上下来的小精灵。他父亲看了，流着泪轻声唤着“小宝，小宝”，好像想把他唤醒一样；他母亲用手小心地碰了下他的小脸蛋，就一下，好像再碰一下就会把他碰疼、碰破……伤心难受的事，也可以有一个圆满的结局。

有人说，做好事是有满足感的，尤其是这类好事，做了，尤其暖心。

# 灾　难

有一天，宝贵老师问我，事情做得怎么样啊？我说，可以啊，还比较顺手。宝贵老师说，家里没怎么说你吧？我说，家里会说什么呢，收入是硬道理。宝贵老师说，你觉得这事你会长做吗？我说，什么意思，难道还有人过来抢饭碗？宝贵老师说，我不是这个意思，我是说你若有长远的打算，就想办法复习起来，去考个职称，这样以后就更保险了。我愣了一下，说，做这个还考职称？

我知道，在我们馆里，只有宝贵老师是有职称的。他虽然没有多少文化，但人很聪明。他虽然主要做化妆，但杂七杂八的知识掌握了不少，像看风水啊看相啊什么的，他都会一点。他比我们要想得多，想得远，想到了考职称，这就比我们高明。

馆里有些岗位的工作人员，是可以互换的，也很容易被替代的，比如接收尸体的、接待客户的、坐办公室的。就算是写挽联，其他岗位的人稍稍地练一下，也是可以胜任的。但有些岗位是有技术含量的，需要专职人员，而且是很难找人替代的，像我们这个工种，消毒、清洗、化妆、整容、穿衣打扮，你没有那个心，脚都踏不进去，手都伸不出来。殡仪工作是个系列，具体讲就有“六个师”——尸体接运师、化妆整容师、尸体防腐师、殡葬礼仪师、尸体火化师、墓地管理师。你要干其中的任何一项工作，都要星辰大，有胆量，不怕脏，能排解情绪，还要顶得住各种各样的压力。如果要做得好，做出水平，让人看重你，甚至敬重你，就更不容易。这就需要有个等级证明，不是嘴上随便说说的。据宝贵老师说，这里面有几个师还是有级别的，像防腐师、化妆师、火化师。化妆要分级别，有中级、高级，还好理解，因为把破碎的尸体连起来，把残缺的肢体补好，把脱相的面貌化妆得不难看，那还是有一定难度的。防腐也是，一般的死者对应什么药水；生过病的死者，要加用什么药水；尸体腐烂的，怎样能抑制住腐烂，把它保存得更好，都很有讲究。火化有什么标准和要求呢？烧煤的、烧油的、烧气的，都一样烧，无非是时间充分一点，时间一到，钢铁也可以熔化。但宝贵老师说，哪里这么简单，俗话说“死要见尸”，烧了也要见形。

看来殡仪工作还真是一门学问，我得先接触一下看看。职称考试的学习资料，宝贵老师那里都有，我要是向他要，他一定会给的。他叫我做什么，一定不会错。没想到的是，这个专业的职称考试，也是这么正规这么系统的。我从宝贵老师那里搬过来的书，都是些大学里使用的专业教材，什么《殡仪文化学》《人体解剖学》《死亡学》《色彩学》，还有些提升实际动手能力的自编材料。宝贵老师说，职称考试不仅要考应知的内容，还要考应会的内容，原则上分成两块，一块是知识，一块是作业。举个例子，就拿火化来说吧，一只火化炉，一般的五十万元，好一点的八十万元，这么好的机器，你要知道它的工作原理，知道怎么操作它，知道怎么保养它，出了故障怎么解决问题，大修若不会，小修起码应该会，不然你怎么用它来完成火化工作？这就是应知和应会的内容。

我主要学化妆，要考也是考化妆，之前虽然都在做这项工作，各个环节都会做，也做得顺手，但要叫我分解步骤，说出眉目，说出要点难点，说出各种问题的解决办法，还真是说不全。所以，平时的积累，还是很要紧的，就像医生做病例记录，记相应的药方。

我接收任何尸体，从问清去哪里接收的那一刻起，就会自然而然地联想一番——这个尸体会不会是腐烂的？死者的死因是溺水，还是车祸？是坠楼，还是凶杀？各种尸体见得多了，我心里也慢慢地习惯了，感官上也没有那么刺激了。再不堪的尸体，你也得接受，你不能对它提要求。就像医生做手术，不管手术台上的是什么人，病情怎么样，你都得面对，都得处理。但碰到骇人的尸体，你麻木不了，你甚至都想象不出怎么会弄成这样。

有一天，我去加县接收尸体，就碰到过这样的事。去之前，宝贵老师也提醒过，那是一个火灾现场啊，你自己小心。

加县离西州很近，走西州三桥，跨过桥就是，它也是西州下面几个没有火化间的区（县）之一。路上的一个多小时，我脑子里一直在闪现以前接收过的被火烧焦的尸体。有一次是车祸现场，高速公路上汽车追尾起火，大概在撞击的那一刻，车上的人就已经昏厥了；三个人坐在小车的后排，被烧成了炭状。我看了后非常难受。可怕的东西一定是掺和了情感因素的，比如死者中有一个几岁的小孩，那场面就更加令人不忍。

加县的火灾现场是一个铝加工车间，民营小作坊，做铝铸的首饰盒子，具体工作就是把铝盒子抛光。抛光的车间我们是可以想象的，那些飞转的布轮，那些包裹得严严实实的工人，那些黑黑的鼻孔和蒙尘的眼睛，飞扬的粉尘布满了各个角落，厚厚的一层，犹如积雪一样，置身在这样的空间里，你都会不由自主地屏住呼吸。据说，车间这样的状况已经持续好多年了，也就是说，好多年来都没有打扫和清理过。但没有人会把这样的情形和火灾联系起来，都以为没有火源就不会有什么火灾。后来专家说，粉尘尤其是铝粉尘的燃点很低，比毛发、纤维、纸张的燃点都低，有时候甚至开一下电闸都能自燃；而它爆炸燃烧后的温度，瞬间可达到三千多摄氏度。三千多摄氏度是个什么概念？就是比火山爆发时的岩浆温度还高。这样我们就知道了，这次爆炸燃烧是什么样的惨状了：车间房顶被冲击波整个掀开，所有的东西都着了火，倒是没烧多久，因为没东西好烧，但四个工人全都死了，都是被高温瞬间烫死的。法医出具的证明里写了这么一个词：尼氏征阳性。宝贵老师后来打了个比喻，说就是像烧烤的那个程度，人的表面整个都烤熟了。类似的情况，我们后来在电视里也看见过，有一次演唱会爆炸，就是因为观众在现场抛撒各种颜色的粉尘，粉尘密度过高，加上演唱会炙热的灯光，就酿成惨剧了。

我们小心翼翼地把尸体运回来，消毒冷藏，待家属和单位谈好善后事宜，我们才把它移出来化妆整容。虽然最终的结果也是火化，但这个程序关系到赔偿，关系到家属的情感，也还是要做的。对这样的尸体，家属尤其在乎。民政部门和安监部门也很重视，都派了领导亲临现场。因为是特殊的尸体，兄弟殡仪馆也派了人来参观。我们的压力很大，对尸体的处理不仅要给家属看，还要给领导和同行看，要处理得格外好。我是第一个开工的，是凭感觉和想象去操作，因为这样的尸体，我们之前都没有见到过，也没有处理过。如果烧成了炭状倒还干脆，就没有整容和化妆的可能性了。但这样半好不好的尸体，我们还得处理，并且没有经验可循，只能够创造性地发挥。尸体的皮肤和软组织已经烧坏，清洗是不能做了，只能消消毒；烧灼的痛，我们一般都能够体会，那是一种无法忍受和令人焦灼不安的痛，尸体被烧到这个程度，感觉是简直碰都不能碰，也许摸一下都会掉皮，也就是说，衣服是根本没法穿了！

我也是突然来了灵感的。其实那天把尸体运回来的时候，我就一路在想怎么办，但也想不出什么特别的办法，我甚至觉得处理过程肯定是会受阻，会做不下去的。也正是应了那句老话，机会都是留给有准备的人的。我前面一直在琢磨着，到正式操作时突然就想到了怎样去实施了。我向馆里申请了一些塑料薄膜，将薄膜轻轻地包裹在尸体上，这样既保护了皮肤，又减少了摩擦，起到很好的润滑作用，不必勉强用力，轻轻一套，衣服一下子就穿上去了。这个做好后，脸部的化妆就不费什么周折了。这些工人本来形象也是不错的，平时都被粉尘遮掩着，面目全非，看不出什么样子；这会儿帮他们把眼睛鼻孔清洗了，再打了几层粉底，上了几次粉，精心地化上妆，看上去就像模像样了。至于头发的问题，给他们戴顶帽子就解决了。

后来，宝贵老师说，这次作业，如果恰好是用在职称考试的应会项目上，那就非常妙了。

# 遗憾与无奈

毛主席在《为人民服务》中引用过司马迁的名言："人固有一死，或重于泰山，或轻于鸿毛。"现在是和平时期、建设时期，虽然也有英雄，但芸芸众生更多的是生老病死，度过平常的一生。当然也有一些人意外死亡，那是不以人的意志为转移的，是经常发生的。生与死的距离，有时候很长，有时候很短，是不是长就有意义，而短就不值一提呢？也不是。一个人死了，就是没有了，就是一去不复返了，就是在物质上被消灭了。死亡和身后事值得大家重视。毛主席就提倡给死者开追悼会，用这样的方法，寄托我们的哀思，使人民团结起来。

"团结起来"这句话，我是体会过一次的。有个家庭从接待开始就表现出了异乎寻常的团结，家庭的主要成员全部到齐，关于丧事的每一个细节都要集体讨论。我给遗体化妆的时候，一家人都静候在外面，最后验收时，一个个排队依次看过。在告别厅，他们要求司仪和服务人员均要穿黑衣黑裤，还要戴白手套。一般家庭对丧事的过程都是茫然的，我们有什么服务，他们就接受什么服务；家庭成员向馆里提要求，本身就说明了这个家庭的自信。致辞的时刻，往往就是最庄重的时刻，领头的大哥在前面讲话，其他家庭成员自觉站成一排，伫立在他身后。致辞里感谢的方面很多，每感谢一次，家庭成员都集体向前一步，向现场的亲友鞠躬，就像排练过一样，家庭的凝聚力马上就显现出来了。

但死亡带来的遗憾和无奈也是很多的，我们有时候也是无能为力的。

一个高中生，打篮球时猝死了。他父母被打击得瘫倒了。在化妆室，我尽量为他打扮得平实一点，他的遗容对亲友的感官冲击越弱，造成的情绪起伏就会越小。外面的走廊上，他的老师带着全班同学集体列队，在默默地流泪。一个活蹦乱跳的孩子，正是青春美少年，现在却与大家阴阳两隔，再也不能和老师同学一起欢笑，一起玩耍了。

一个中学生，喜欢玩游戏，父母说了他两句，他就抱着游戏机跳楼自杀了。在化妆室里，父母连看一眼孩子遗体的力气都没有了。他们坐在外面的椅子上，站了好几次都没有站起来。我问他们最后还有什么要求，他们都没有搭理我，好像在说，现在做这些还有什么用啊。父亲抱着哭昏了的母亲，嘴里反反复复就是一句话：你怎么这样噢，你怎么这样噢……

一对年轻的夫妻，从国外留学回来，都是博士，他们一定是被很多人羡慕的，郎才女貌，比翼双飞，他们的父母也一定是非常得意和骄傲的。但是，他们暂住在父母家，洗澡时双双煤气中毒死了。这样的死亡，多么让人扼腕叹息啊。在化妆室里，我们同时料理两个年轻人的遗体，他们的父母都在旁边，看看，摸摸，捏捏手，捋捋头发。两个父亲看着儿子、女婿，两个母亲看着女儿、媳妇。两个父亲都是木然的，没有交流，只是偶尔相拥一下。两个母亲也是默默的，但她们的反应要强烈一些，她们的嘴唇、下巴一直在抖。最后，她们终于忍不住呜呜地哭了出来，哭得像小孩子一样。她们一定都想起了女儿或媳妇的好，想起了她们的优秀。

一个老太太死了，和她朝夕相处的一个老姐妹第二天也随之一起去了。她们几十年如一日，形影不离，她们的友谊，一直是一个美谈，是儿女们羡慕和学习的榜样。一个老太太安详地死去，也许会是一个传奇，一个美丽的故事。但两个老太太相继死亡，还是会给家人带来打击。在化妆室里，儿女们嘤嘤地哭着，虽然也在说妈妈的好、阿姨的好，也在祝福她们到另一个世界能继续做伴，但遗憾和悲伤还是明显的。她们都走得太早、太匆忙了，没能让儿女们好好地尽尽孝。

一位公安民警，在追捕逃犯的过程中，心力衰竭而死。在化妆室里，只有民警的母亲，没看到民警的父亲。也许他的父亲也是一位民警，也是在执行任务时牺牲的，所以，这位失去儿子的母亲，早已体会过了亲人牺牲的心情，她已经没有眼泪了，不会悲痛了。她挺着身板，一次次地接受领导的慰问，一次次默默地看着儿子。她一定也是心痛的、难受的，但她是人民警察的母亲，是英雄的母亲，她不能崩溃。只是在最后，她摸出一包救心丸递给我，让我放在她儿子的胸口。她摸摸儿子的胸口，摸摸儿子的脸，说，儿子，带上药，下次就不会这样了。

一个中年男子死了，只有他妻子陪着。没有长辈，没有子女，没有朋友，没有同事，没有举行告别仪式，就直接到火化间了。像这样冷清的场面真是太少见了，大家都觉得奇怪，觉得一定有隐情。世上还真是没有不透风的墙，他的事还是被人给传开了。原来他是去青田嫖娼时猝死的，也许是太寂寞了，熬得太久了，干柴烈火，激情推搡着他，欲望鼓动着他，但他的身体承受不了这种行为，就这样崩掉了。这种情况大家都说叫“马上风”，自古有之，医生都知道。他是早上从青田运来的，办完了接收手续，没有冷藏，就直接到了化妆室，等一会儿再去火化间。听了他的事，有人鄙夷，有人讪笑。但到了我这里，尸体都是一样的，我都要好好地料理。他妻子要求给他化一化妆，说“都是人嘛，总会有犯错误的时候”。他妻子在外地做生意，看得出她的憔悴和疲惫。我化妆时，她自始至终没有一句话。我化好妆后，她盯着她男人看了许久，然后，冷不丁地打了自己两个巴掌。这巴掌打得让人难受啊，她一定是非常非常自责的，为自己的自私、忙碌、对老公的疏忽，为自己没有照顾好他而自责。

一个从西班牙安达卢西亚回来的作家找到我，要我给他的父亲料理后事。那地方，我们听名字就觉得远，如果他说的是英国、美国，我们会觉得还算近，还能够想象得到。那地方虽然也在欧洲，却与非洲挨着，又是在大西洋和地中海的交汇处，这么一说，就感觉更远了。因为远，我就会无端地谨慎起来。其实他父亲因病卧床也有好多年了，每天靠药物和鼻饲吊着。他每年都会回来几次，从内伐达山赶来，从瓜达尔基维尔河畔赶来——我都记不住他说的那些地名，上网搜了才知道。每一次看望了父亲，他又得重新回去，等待下一次有空时再来。在医院，在父亲的床前，尽管父亲没了知觉，他也会和父亲说说话，说自己的家庭，说自己的老婆孩子，说自己的事业，他觉得病中的父亲尽管没有意识了，但一定也是想了解这些的。他唯独没有说自己的写作，他觉得这不是父亲所关心的事，父亲也不懂。他父亲年轻时是个开吊车的司机，长得人高马大，但经过这几年的卧床，已萎缩成一个非常可怜的小老头了。按理说，父亲这样走了，已经没有悲伤了，也完全可以平和了，因为对其他人来说，这都不是一个意外，而是一次放下。但作家反而激动了。那天在化妆室，他父亲的遗体躺在工作台上，他似乎有话要对父亲说，让我先回避一下。我就到外面等着。我看他拉着父亲的手，俯身在父亲的耳边，他的高大和父亲的矮小形成了鲜明的对比，这种反差也会莫名其妙地让人心酸。他流着泪，哽咽着，和父亲说着悄悄话。他感谢父亲，父亲虽然识字不多，也不知道怎样培养孩子，但在他最渴望知识的时候，父亲每月都会省下几毛钱，给他买一本《小说月报》。父亲不会去想这在当时会起什么化学反应，会产生什么样的效果，父亲也许只是想，怎样能让他简单的生活有一点别样的色彩，仅此而已。但就是这微不足道的举动，使得他慢慢地有了文学的感知，并最终萌生了文学创作的念头。现在，他已经是写得不错的海外华文作家了。他生活无忧，家庭美满，但在心里，在黑夜里，在寂寞、迷茫和困顿时，真正能够让他安静下来并感到慰藉的还是文学。父亲在世时，他没有说感谢，也许是没有气氛、没有场合、没有语境，甚至他都不一定承认是父亲的作用。男人，有时候会碍于面子，或被骄傲撑着，或不善于也不愿意说一些动真情的话。但等到父亲死了，他才觉得迟了，觉得不说就再也没有机会了，他看着眼前小小的父亲，一边说一边痛哭流涕。

有人说，干我们这个工作的，除了星辰大，还要有“铁石心肠”，不然，整天在一片哭声中，在无法回避的压力中，在难以忍受的感官刺激中，我们的精神早就崩掉了。不，我们也是普通人，我们有家庭，有老有少，有日常琐事，有正常的起居生活，所以，我们同样也会难过，也会流泪，也会害怕，也会恶心，也会做噩梦。我们只是面对死亡的性质不一样：对大多数人而言，一生会经历几次亲人的死亡；而我们的工作，要每天面对死亡，不仅不能回避，甚至还要调整心态去迎接它。

# 投　诉

今天我被人投诉了。投诉什么？你猜也猜不到。说我手重，说我把尸体放到工作台上的时候发出了声音，咯嘣一声。有声音吗？确实有。但这确实不是因为我手重，而是因为工作台都是铁皮的。大家都知道，铁皮用久了就会有一点点不平，尸体放下来的时候就会咯嘣一声。虽然不会把死者吵醒，但家属认为这个感觉很不好。

殡仪馆确实是一个很安静的地方，除了哭声，好像发出一点点别的声音就会很突兀，音量就会特别地放大。你看外面，你看那些车，沙沙地从门口进来，没有人抢先，没有人摁喇叭，都不用提醒和管理，他们自己就会悄悄的。为什么？就因为是来给逝者送行的，人们知道这是个肃穆的地方。你再看那些人，衣着庄重，非黑即素，没有穿运动服，或穿短裙的。为什么？就因为人们觉得这地方庄重，是心有禁忌的地方。因此，你会看见，人们打招呼是含蓄的，问候是谨慎的，交流也是轻声的，从不会有那种菜市场一样的声音。到处都是神色凝重的人、轻手轻脚的人。

但我还是觉得委屈。如果说我态度不好、技术粗糙，我也就认了。被投诉，是要扣奖金的，馆里有规定，一年被外界投诉两次，这一年就白干了。我们干的是最低级最没人待见的活啊，怎么还会有人忍心投诉啊。

我们平时也经常找馆长聊天。在我们这样的单位里，馆长是最不像馆长的。也是，他要是把自己当领导，那他也太想当领导了。他的办公室里就是一张桌子、一张沙发，桌子是摆摆样子的，沙发是困了的时候睡觉用的。说起来，馆长也是个官员，是民政局下面的一个科长，但他比我们还辛苦。每天一大早上班，他就在各个岗转悠了，要管单位的正常运行，要应付很多人情面子，要协调各种上下关系，要负责那么多人的饭碗。说实话，我们付出的只是体力，而他付出的则是全身心。关键是这种职务，到哪里都说不响，他自己也说不响。

我和馆长说委屈，他也在和我倒苦水。他的工作连孩子也不敢告诉，委屈吧？他每天凌晨四点就要上班，妻子不理解，委屈吧？说这么早上班是什么工种啊，是淘粪的，扫马路的，还是菜市场卖菜的？他父亲也不支持，委屈吧？说就没有别的什么事好做啊，这怎么跟人家说啊？直到有一天，他父亲的一个朋友来馆里办事，他跑前跑后，妥善安排，过后，那个朋友打电话给他父亲，说，你儿子这个工作好啊，我们现在老了，最要紧的就是两个地方，一是医院，二是这里，尤其是这里，我们两眼一抹黑，要有个熟人，就不用那么愁啦。你看，他们对这个工作的理解也仅限于有用没用。

我们做的是普通工作吗？往大里说，这是一台社会机器。殡仪馆不是一个一般的单位。一般的单位，就像虫子躲在泥土里，你不用管它，它自己也会长大。这个单位不一样，干的不是什么出风头的工作，但要时刻盯着，不盯着，人满为患了，就会造成不良的社会影响。人员也是三六九等，有公务员编制的、有事业编制的、有企业编制的，有长期的合同工、有短期打工的，有民间流转过来的、有福利院长大的，有土地被征用的农民工，也有分配不了工作的退伍军人，同工不同酬，连医药费都不一样，这个可以公费看病，那个吃药不能报销，怎么去平衡？就是花圈、骨灰盒，殡仪馆也要比外面卖得便宜，不然人家就说你欺行霸市，谁叫你是国有事业单位啊。来到这里，客户也特别容易得易怒症，环境差、排队长、等待时间久、服务不到位、动作不雅致，家属都有可能没好气，出言不逊。在这样的单位里，你还不好发脾气，再大的委屈，你也要忍了，总不能撂挑子吧，总不能说“那你自己弄吧”！

这都是馆长倒的苦水。

我们也经常和馆长开玩笑，说，你应该享受更高的待遇才是，比如有补贴，拿双倍的工资，任期届满还可以升职，因为你承受的压力太大了。馆长也开玩笑地说，我在这里都待了七年了，七年之痒啊，但痒也没有用，我只能自嘲地对自己说，债多不愁，虱多不痒，委屈多了也就无所谓了。

馆长桌上有一个笔记本，里面记录了他各种各样的委屈，都没法和人说，说起来要解释半天。这就是我们馆里的常态。假如没有委屈，我们就没什么好说的；假如没有委屈，我们做的就是个旱涝保收的好工作。但委屈是和我们单位、我们的工作相辅相成的，是生生不息的。

馆长又列举了许多委屈——

委屈一：有一次从外面回单位，打车说去安平山。司机说，安平山不去，载你到曲县，你自己再走过去。

委屈二：去老婆的舅舅家吃新年酒，要我在门口把衣服脱了再进去。酒自然是没吃成，回来还被老婆拒绝了两个月。

委屈三：教儿子弹琴的老师的父亲死了，老师在火化间排队时，正好碰到了我，说"你也在这里啊，能不能照顾一下啊"。我当然得帮他协调好，还插了个队。改天送儿子去学琴，在楼道上碰到老师，他却看看我，当作不认识，连个招呼也没打。

委屈四：前年考进来一个会计，今年都三十二岁了，还找不到对象，人家一听说单位名称就拜拜了。

委屈五：有领导家里死了人，拼命打电话来要照顾。事情办好后，打电话回访一下，征求一下意见，电话那头却问"你是谁啊"，又说，"脑子有病啊，死个人还回什么访啊"。

委屈六：有一次，全国殡葬改革会议在一家宾馆召开，正好那天那家宾馆有其他喜事。第二天会议前，大家发现，会务的各种指示牌都被人砸了。

委屈七：骨灰盒项目投标，想找个地方把产品展示一下，但大家都找理由推托，就是没地方接受，最后只好在公共资源交易中心的停车场里，拿挡板隔出一块地方来展示。

委屈八：一个家属来电话，说他们家的尸体要晚上十一点火化，说时辰就是这样定的。但馆里有馆里的工作时间表，火化师傅从凌晨四点开工，到中午已经是很疲惫了，辛苦暂且不说，炉子也要检修保养是不是。那家属就是一句话，说，“我会叫你们晚上烧的”。说着挂了电话。之后领导的电话马上追来了。呜呼，倒不是说夜里火化个尸体是什么天大的难事，排一排也不是不可以，但那个口气和态度，分明就是欺负人嘛。

啊，馆长也有委屈，馆长还有大委屈。和馆长的委屈比，我们的委屈算什么呢！赶紧忍了。

# 表　演

每天的化妆工作是从午饭后开始的，一般情况下有四个工作台可以同时开工，加在一起一天要处理十几二十个遗体，都是第二天上午要举行告别仪式的。化好妆后，遗体要放一放，看看有什么变化，再补一补修一修，最后再呈现出来去见家属，去见前来告别的人。

一天，我给一个老太太的遗体化妆。她很胖，像这么胖的体态，一般都不是寿终正寝的，而是因天气骤变引发的冠心病、肺衰竭什么的猝死的。老太太家人不多，好像就一个儿子，当然还有媳妇和孙女，这类事媳妇和孙女一般都插不上手，因此，悲伤的气氛也几乎没有。

化妆室的帘子外，其他亲属都站得远远的，只有老太太的儿子稍稍靠近一些。按照规定，化妆的每一个步骤都应该有家属在场，免得有意外出现时产生疑义，但男性的角色和这件事的性质，又让这儿子觉得尴尬。为了消除这样的尴尬，我征求他的意见，要不要放一下“哭颂”？他不置可否地点点头。我摁了一下录音机，一阵沙沙的启动声，一段缓慢绵长的“哭颂”响了起来，那是我扮的女声，含糊又逼真，像家属们心情复杂的倾诉。气氛被稍稍缓和了一点。

老太太的尸体是前一天拿出来解冻的。因为人胖，皮肤回复得不错，颜色也接近于正常，不化妆也差不多，但有些事是一定要做的，比如清洗，比如穿衣。还有，因为是猝死，老太太的头发又长又乱。老人就是这样，别的都不长了，头发还拼命长。我要先理一理老太太的头发，剪一剪，再修一修鬓角。接下来，我要她儿子适时地搭一把手，这样做起来会更顺一点。儿子说，这些事还用我们搭手？我说，一般不用，但你母亲太胖了，我怕我一个人扳不动她。儿子说，那要我怎么做呢？我说，你听我指挥就是，等会儿翻身穿衣时，借你的力一用。儿子说，我不敢看。我说，为什么，你是不敢看她的面容还是不敢看她的身体？儿子说，别扭，都不敢。我说，是害怕吗？她是你母亲啊，有什么好怕的。儿子说，是感觉她那个样子让人害怕。我说，你不要这么想，你要把她想成是一个小孩，她现在很无助，她需要我们去帮她一把。我们就这样，一边说话一边化妆。

一切准备就绪，衣裤也剪开了。尸体敞开的感觉是很差的，不管是男人还是女人，不管是年老的还是年轻的，我都会用毛巾把敏感的部位盖起来，这样一来，化妆师和在场的家属都会自在一些。从热水器接来的热水，弥漫着层层雾气。我喜欢用热水为尸体清洗，尽管尸体早已失去了知觉，但我觉得用冷水会刺激它，它也会不舒服的。硫黄皂是上海船牌的，一人一块，用过就丢了，绝不能混用，肥皂的气味立刻在化妆室里弥漫开来，好像也起到一点清洁剂的作用。轮到穿衣了，次序上要有个先后，先是袜子，说是先穿袜子好走路，其实是先穿袜子好穿裤子。地方上传统的做法是，裤子穿三条，衣服穿四件，不知是什么讲究，我们按规矩办就是。衣裤都要大一号的，这时候不追求好看，主要是好穿。要家属搭手的地方就在这里，老太太很胖，又没有了借力能力，非常重，我把她抱起来，她儿子帮我固定住，我就腾出手来把衣服一拽，把左手穿进去，再把右手塞进来，没想象的那么僵硬，也比想象的容易许多。余下的整理都是程式化的，帮她把手镯戴上，把玉坠挂好，还有一对耳环，小是小了点，但是老货，像是家传的。这样就穿戴好了。

化妆是我的拿手好戏，我先在尸体的鼻孔耳孔上涂些药水，这些地方是很容易滋生细菌的，虽然明天告别仪式后就要火化了，但套路还是要这么做的。这都是从宝贵老师那里学来的。宝贵老师说，打粉底要注意，就是两眼和鼻子之间的“T”区，这一块调子定好了，其他部位就是“附和”了。宝贵老师说得通俗易懂，我学起来也快。老人妆我心里最有谱了。化好妆后，我问她儿子，你看怎样，这样可以吗？儿子突然回过神来，说蛮好蛮好。又说，老司可否推荐一下火化师？噢，他想到哪里去了，一般人都会想问些关于告别仪式的事情，他倒想得远，想到了火化。我说，当然可以，我给你推荐李师傅，不知能不能轮到他。

剩下的就是检查好发票，对一下手牌，把老太太的遗体送回到恒温室，再按次序停放在墙角边。恒温室里有轻微的空调的声音，这是特地调好的温度，不冷也不暖，老太太的遗体要在这里待到明天，然后被隆重地升上来，与前来送行的亲朋好友告别。

李师傅是火化间的老班长了。不像其他工种现在早已是年轻人掌控，火化有点特殊，技术要求比较高，不仅要手上的技术硬，还要对设备烂熟于心；不是借助燃料就可以一烧了之的，而是要烧得到位，让家属满意。现在，馆里烧煤、烧油、烧气的炉都有，每种炉的要求都不一样，烧煤的要掌握时间，烧油的要控制出烟，烧气的要节约成本，每一种都得与时俱进，每一种都有不同的卫生标准，不然，地方上通不过，周边的农民兄弟也不答应。李师傅每天一大早过来干什么？就是在准备设备，检查通风、检查拉风、检查油管、检查气管、检查仪表、检查电路，甚至连工具和轨道都要检查，一样也不能少，否则，带病工作的机器就会耽误时间，就会影响火化质量，就会在环境卫生上存在隐患。比如前一个遗体火化时间长了，就会影响下一个；比如骨灰烧得不彻底，家属就会有意见；比如除尘除烟的效果不好了，住在附近的农民们就会一传十，十传百，就会投诉，最终可能会酿成群体事件，这可不得了。所以，抛开技术层面的细节不讲，光说火化的意义，也是颇具影响力的。李师傅是馆里从外地挖来的，那还是在老馆新馆的过渡时期，馆里就预见到了扩大后的业务负荷，就出去挖人了。位于沿海地区的西州经济活跃，不像内地那么死板，很流行出去挖人。有奶便是娘，李师傅也看好西州的环境，待遇也不错，就被挖来了。现在，挖人也叫“横向交流”，像那些打球的，你这个俱乐部好，球星就会过来。

李师傅后来对我说，我介绍的那个男子，找了他好几次。李师傅说，这个男子，看他的衣着，就知道经济条件一般，现在很少有人穿牛仔衣了，他还在穿，领口都穿褪色了，都已经发黄了。

我想，噢，我倒是没注意他的衣着。

李师傅说：“他给我递烟，我没有接。他递烟的样子也暴露了他的窘境，从裤兜里摸出一包皱巴巴的烟来，抽了一支给我。我平时也不抽烟，但递烟的样子我还是在意的，他的小气马上就露出来了。在我们这边，家属不管你抽不抽烟，都拿整包崭新的大中华，悄悄地放在你的炉台上，我们心里就有数了。这是他们的心意，是对你劳动的尊重。”

那天正好是节后，所有的工作都像上了发条一样。告别厅都排得满满的，从凌晨四点就开门了。火化间也是，本来一大早要先检查设备的，结果检查的时间都挪到了结束后，四点就开始火化了。尸体哗啦啦地从后面的斜道上下来，加上交叉的队伍，通往火化间的过道里很快就挤满了人。这条过道也就三四十米，右边有几个休息室，是供家属歇息的；左边有一扇铁拉门，外面是一个小广场，一些家属觉得室内不卫生，就会散落到外面去，抽烟、呼吸空气，或活动活动筋骨。一些不用举行告别仪式的尸体，也是从这里直接进入火化间的，它们一来，人们马上就会慌乱，避之唯恐不及，场面立刻就混乱了。这一天，人们好像都意识到了人多，尽管各家也有编号和次序，但拥挤的场面往往会增加人们的紧张心理。一些告别仪式还没有结束的家庭，一些尸体还没有下来的家庭，都派了人在这里排队，都挤在了一起。也只有在这时候，怕与不怕，忌讳或者漠然，都成了一句空话，都被人们搁置了下来。

又一批人告别完了下来了，军乐一直在外面吹奏着，但没有看见队伍进来，李师傅就知道是外面堵住了。这是馆里开展的一项新业务——送最后一程。原先的送葬，也有点这个意思，把尸体从家里运出来，一路哭哭啼啼，吹吹打打，送到墓地。现在道路管理正规了，不让吹拉弹唱了，就只好在馆里演绎一下，从告别厅送到火化间，意思意思。一个旗手指挥，六个乐手吹奏，六个仪仗队员穿着制服，迈着正步，抬着遗体，确实也比一般的送葬队伍豪华一点。

李师傅说："在一片混乱中，有人拉了拉我的衣服。我一看，又是那个男子。朝我努了努嘴，示意我'借一步说话'。火化这个工种，因为是在炉子边做事，家属的想法也会很多，想进火化间来看一看的，想让师傅动作轻一点的，想每个细节优雅一点的，都有。对家属来说，这时候能满足他，他心里就会舒服。我问那男子什么事。他说，等会儿轮到我母亲时，能不能让我进去？我说，你们是几号炉？他说，七号，预定的时间是八点。我说，告别仪式开始了吗？应该还没有吧？他说，等会儿就开始，完了我再找你。我说，就是带你进去瞧一眼吗，那也不用现在说啊。他边走边说，再说再说。我看他黏黏糊糊的样子，就知道他一定有什么事。

“在火化间，家属的要求无非是上面所说的几种，我想不出还有其他的什么，而这些，也没有必要搞得这么神秘兮兮的，商量一下、打个招呼就可以了。八点不到，男子母亲的遗体就从后面斜道上下来了，跟着的人寥寥无几，一看就知道告别仪式是简单的。简单的告别仪式也没有什么不好，一般有两种可能：一种是真心觉得简单好的，人都死了，没必要再劳民伤财了，这是对的；另一种是没有能力铺张的，但又想做一个告别场面，给亲朋好友一个交代，这也没有什么不对。显然，男子家里属于后一种。从告别厅后门出来，走两个Z字形斜道，就到火化间了。

“男子熟门熟路地又找到我。我知道，他的举动是做给其他家属看的，他让其他家属在休息室里等着，他要到火化间里再陪陪母亲，这无可非议，通融一下也未尝不可。但是，男子的目的好像不是这样，他悄悄对我说，他可不可以将母亲的手镯、玉坠还有耳环取下来。我斜眼看看他，心想，怎么还有这样坏的人啊。我鄙夷他。火化间本来就很逼仄，光线也不好，因为炉子很高，照明也装得很高，而炉膛里透出的火光也搅乱了正常的光线，总之，我觉得男子的脸色很难看，惨白，发绿，极不自然，甚至有点扭曲。我说，这是老人的随身物件啊，很神圣的。男子恬不知耻地说，烧了可惜嘛。我说，这也许是你母亲家传的，让她带去，很有意义的。男子说，也不是什么好东西，我知道的，是我父亲给的。这时候，尸体已经从外面的轨道推进炉膛了，外面的助手已经给完了稳妥的信号，虽然还没有送气，还没有点火，但从严格意义上讲，老人已经‘登堂入室’了。我咬着牙压低声音对男子说，你好自为之啊，你要是再有别的想法，我马上把你赶出去。我再教育你一次，老人到了这里，要给予极大的尊重，任何不良的想法，都无异于亵渎、辱尸，是会折寿的。折寿懂不懂？就是短命！

“真没见过还有这样的儿子，我之后再也没有理睬那个男子。我小心翼翼地火化这位老人，越是这样我越要伺候好。那个男子，也不知什么时候溜走了。五十分钟后，火化完毕，我把骨灰扒出来，再用毛刷将炉膛和轨道掸过，装在骨灰盒里。那些手镯、玉坠、耳环，他不说我还不注意，早已被烧得面目全非了，完全爆碎了。油气燃烧的温度将近一千二百摄氏度，是金属也早已化掉了；就是最好最纯的玉石，也很难保证它完全不变形，一般的玉石，或差一点的，因为有杂质，且密度不一，一烧就爆掉了。但不管怎么样，那也是老人的随身之物，是老人的宝贝，我把它们一点点地拣出来，放进骨灰盒里。家属们都已经围拢到了边上，我知道那个男子也在，但我不看他，我只是对着其他家属说，骨灰盒要双手端平，等会儿到了露天，要记住打伞，不要问为什么，打起来就是。”

李师傅告诉我，这是一次最让人无语的火化过程，他也是第一次碰到。碰到这样的事，你会觉得人怎么还可以这么坏，这么可恶，你会感觉很泄气。

# “一条龙”

我做这项工作也有十五六年了，得到过的感谢无数。这些感谢有时候是几句话，有时候是一支烟，有时候是一瓶水、一块香皂、一条毛巾、一碗方便面，我都欣然接受，这也是对人之常情的尊重，不是贪小便宜。还有一种感谢，令我印象深刻，说来你都不信。一位老伯，坐家里晒太阳时突然死了，凑巧老伴和儿子都不在家，等他们晚上回家发现时，已经迟了。老伯的身体勉强还能够扳平，但耷拉的脑袋，因为时间久了，就有点歪了，这让家属觉得很难受。试想，在告别仪式上，仰卧的尸体居然是歪着头的，这是怎样的难堪。在化妆时，这个歪头确实也让我很为难，不仅看着纠结，化起妆来也很困难。没办法，我只好用热水敷，用手背揉，费了九牛二虎之力，才勉强把老伯的脑袋正了过来。他的老伴在一旁亲眼见证了这个过程，她握着我的手，半天都说不出话来。他的儿子更是扑通一声就跪了下来。他们一定没想到，我对一具尸体是可以这样用心的。事情还没完，相隔一年后，老伯的老伴也病死了，她的儿子找到我，说母亲在临死前再三交代，后事一定要交给我来做。这是对我工作的最好肯定，也无异于一个最大的奖赏。

老人的儿子还说，他对这些事是一窍不通的，现在都交给我了。他说的这些事，并不是指馆里的一些程序，而是指馆外的“一条龙”服务，就是从医院到家里、到路上、到殡仪馆、到墓地安葬，包括其他一些组织事宜。确实，想想都觉得非常麻烦。人家信得过我，我就给他找馆里最好的“一条龙”。

馆里最好的“一条龙”，是魁星。魁星原来不叫魁星，是因为长得丑，我们才叫他魁星。魁星以前也是化妆室的，其实也就是做接收尸体、穿衣服这些粗活，化妆还真的不行，大家都说他化的妆像钟馗一样。一般的化妆，说起来也就是几笔，但这几笔要清爽到位，要化出神韵，那也是需要一点灵性的。魁星就没有这样的灵性，人又长得难看，大家都说“鬼见了他都想哭”。所以，家属一接洽，知道是魁星化妆，一般都不太愿意。久而久之，魁星就派不上用场了，除了接收尸体，有机会就让他去做“一条龙”。

做“一条龙”的人一般都比较灵光，善于打交道，关系遍布各个角落，一旦有人死了，他们马上就知道了，就接上业务了。死者家属对料理后事一般都是一无所知的，是手忙脚乱、摸不着头绪的，这时候，如果有人来替他们料理，解决他们的一切麻烦，就像救星一样。但也有一些家属不明白这个关键点，或者不相信这些人，他们不喜欢这些人马上就找上门来。俗话说“人都还是暖的”，他就过来谈生意了，这种感觉不好。但这些家属有所不知，要等他们定下心来，有了头绪，再想着找人做这个做那个，就来不及了。所以，“一条龙”就是给家属提供方便，就是及时、快捷、省心的象征。

“一条龙”服务，民间一直有。做这个的人不单单只是胆子大，一般也都有些特长，懂风水，懂生辰八字，懂最后过程的“拐弯抹角”，也就是说，一些民间的规矩和忌讳，他都知道。过去时兴土葬的时候，家里若有人死了，第一件事就是摆花圈，家门口一摆花圈，左邻右舍就知道了，起到一个通知的作用。订花圈的店，民间叫作寿店，不仅卖花圈，也卖寿衣寿被，同时还担负着智囊团的角色，指导着家属该怎么做，不该怎么做，别漏了什么，要添点什么，直至送到墓地，这就是“一条龙”服务的实质内容。很多人的去世是突然的，在料理后事方面，家属通常没有经验可借鉴，一般也不会去学，所以，找好的“一条龙”服务，是非常必要的。魁星，就是我们馆里这方面的专家。宝贵老师也让我有空跟他学着点，一方面是这件事一个人做不了，两个人好互相搭把手；另一方面，宝贵老师也想让我多长点本事，顺带着能赚点外快。我当然也很乐意。

老人的尸体已经被接收到馆里了，但告别仪式要在五天之后举行。因为要让亲朋好友都知道，要等国外的女儿赶回来，要把事情都准备好，就需要这么些时间。开始时，魁星已陪着家属去问了时辰，说第三天的时辰最好，怎么好怎么顺，对老人好，对子女也好。但家属为难了，说来不及啊，有人还在国外，根本就到不齐。魁星就和时辰先生商量，说灵活机动，有没有更好的时辰？时辰先生想了想，闭着眼睛掐了掐手指，说还有个更好的时辰，不过日子要稍稍延后一点，而钟点要稍稍提早一点。魁星说，好，日子迟点也好，钟点提早也好，都不影响正事。其实魁星知道，这些所谓的先生，什么风水啊时辰啊，都是可以通融的，都是可以自圆其说的，关键是怎么让家属方便，方便了，就是好，事情做起来才会顺。我们就高高兴兴地按这个时间办。

我们先帮家属在家里搭了个灵堂，就在老人原来睡觉的小房间里，挂上照片，配上挽联，摆上水果和香糕，点上香烛，告诉家属，告别仪式前点白蜡烛，告别仪式后若再追思缅怀，就换上红蜡烛。烛台和香炉，是魁星给家属准备的，有些必用的道具，魁星都会事先带上，不叫家属破费。香是一般的檀香，前来吊唁的人要点上三支，夹在手心朝遗像拜上三拜，再插在香炉里。如果觉得家里空气不好，也可以换上电子蜡烛；如果觉得冷清，要热闹点，就滚动播放些音乐。这个时候，形式和气氛都是要紧的，这些东西，魁星的行囊里都有。魁星说，这都是吃饭的装备。

我们还在楼下搭了个雨棚。雨棚有两个用处，一是把前来吊唁的人留在楼下，不用都往楼上跑，楼上本来就很逼仄，能清爽些就清爽些，避免杂乱；二是直接在这里把花圈订掉，把人情意思都记下来，到时候挂在告别厅里，这个最要紧。另外，我们还写了四张讣告，一张贴在小区里，一张贴在路口，一张贴在居委会，还有一张先留着，待告别仪式那天贴在告别厅门口。

我们的原则是，要把这个过程做得像教科书一样，既讲究又精准。这期间，我们还要做很多事情：要订购办丧事过程中的一些用品；要去一趟墓地，把墓穴清理好，墓穴还没有打开时，什么情况都可能发生，或进了水，或长了草，或养了虫子，打开让太阳晒一晒，主人“住”进去才会舒服；要去落实泥水老司，最后的封龙门都是由他们经手的，这不可或缺；还要去拜访一下看山客，今后墓地就仰仗他巡山时关照了，还有安葬骨灰后家属要带回去的青松翠柏，也要看山客准许了才能要，这是保佑全家的彩头，要放在家里七天。

很快就到了告别仪式的那天，我们的服务都体现在细节上。市中心的广场上安排了一辆大巴，便于接送有些人去馆里告别；小区门口也有一辆，至亲一般都是从家里走的；军乐队，是从龙镇请的农民乐队，参加过全国军乐方阵的比赛，会吹奏的曲目多，编排得也不错；准备了纸钱和鞭炮，纸钱是沿途撒的，是给小鬼的买路钱，鞭炮则是在每个路口点燃，是向各个地段的土地公报信的；叫包点店配送点心、牛奶，因为大家起得早，需要垫一下肚子，也是家属的心意；还有答谢的伴手礼，比如毛巾、雨伞、香皂、洗衣粉，到时候各取所需。虽然是给死者送葬，但也麻烦了亲朋好友，所以，家属的礼数一定要做到位，不然就会被人说闲话……

出发地点是在老城的前府街一带，到殡仪馆还有很长的一段路程。我们基本上走大路，时间早，路上没有杂七杂八的磕绊，走起来方便。我们走南小路，这里有一个老牌的菜市场，这时候已经是人声沸腾了；我们走民人路，这是西州唯一一条贯通东西的路，前一夜运泥车曾经在这里疯狂地经过，现在清洁车已经在清除道路上的污泥了；我们走山雪路，这里有一个花鸟市场，有些稀罕的鸟虫只在每天清晨亮出来，因此路上已有了匆匆而过的鸟虫发烧友；我们走西曲路辅道，辅道也不小，是因为有个包公殿在这里，香火很旺，前来祭拜的人络绎不绝，尤以大年三十为最盛，殿门口卖什么东西的都有，小吃最多。然后我们就拐进了西曲路，走上了正道。每一个路口或拐弯处，我们都要请逝者的子女下车，跪地磕头，以示谢步，口号是魁星喊的，逝者子女谢步，祝大家顺利。然后放双响爆竹五个、百子炮一串。各种车从跪地的逝者子女面前缓缓驶过，待完全驶完，逝者子女又上了自己的车，拼命赶到前面去，以此类推。这时候，也是可以有自由选择的，一些有事的朋友、不想去殡仪馆的朋友，到这里就可以先回去了，情义已经到了，不必勉强。

到了殡仪馆，我们带家属去办好手续，交发票、核对尸体、与司仪交接、介绍家庭主要成员，暂时就没事情了。但只透了两口气，或一支烟工夫，又有任务了，那就是带家属“围丧”，即把散在外面的亲属喊进来，让大家手拉手，围成一个大圈，作团结和睦状，同时围绕尸体转圈，向其致意。这些仪式都要靠我们去组织，否则，家属里谁会理得清头绪呢？

告别仪式有专门的司仪。我们的任务就是安排奏乐三次：一次是默哀时奏哀乐；一次是瞻仰遗容时，要根据人数的多少反复演奏，一般演奏的都是大家熟知的那首曲子；最后一次是从告别厅走到火化间时，一般演奏的是那首《我们走在大路上》，不过节奏要再慢一点，但这支乐队训练有素，奏的是《送战友》，既熟悉，也适合，仔细品味，还有点幽默。之后，军乐队的任务就是去墓地了。路上，有些家属生怕乐队休息多了，会盯着我们说，叫乐队吹嘛，吹吹热闹。有些乐队比较自觉，就当自己在排练，一路上吹曲不断，家属就会说好话，说他们敬业。乐队是我们叫来的，督促的任务也在我们。

火化间也有很多讲究。尸体抬下来放进轨道里，没进炉子之前，要停一停，要招呼家属跪下。然后，对应着几号炉，把家属带到休息室。休息室里有视频，视频播放的就是炉子前的情况。一般的家属，就只能在这里隔远观望。但如果请了馆里的“一条龙”，就不一样了，我们就会和火化间打个招呼，带家属到炉子前看看火化的过程、看看师傅的状态，或对火化有什么疑问的，也可以问问师傅。这会让家属觉得师傅对自己的亲人最好，所以这个环节最讨家属喜欢。

接下来就是护送骨灰盒回到车上，往墓地去。在通往停车场的路上，我们会不失时机地递上一把伞，撑住端骨灰的家属，也撑住骨灰盒。这样做有什么道理，我们也不知道。大家都这么做，我们也是依样画葫芦。反正细枝末节很多，我们就照规矩办事，家属也觉得放心。在这件事情上，大家都不怕麻烦。

去墓地的车，倒可以开得快一点，没必要拖泥带水。前面有些仪程，都是按时辰来的，想快也快不起来。现在大事告一段落，只剩下最后把骨灰盒放入墓穴的时辰了，早到还可以休息一下，我们就催促打头的车呼呼地往前开，嘱咐后面的车跟上。到了墓地，就基本上都是我们的事情了。招呼泥水工做前期的工作，等时辰，而且要特别地交代，给逝者的东西不能放地上，拿累了可以换人接手，比如茶壶、书籍、麻将、手机，都是逝者生前喜欢的东西，都让他带去玩吧。时辰一到，安放好骨灰盒，放鞭炮，提醒家属下跪，奏起乐曲，封龙门。然后在周边砍两株年轻的风水树，一般是青松翠柏，扎上红绸，让家属高高兴兴地扛回家。最后是分派红绸，给开车过来的亲朋好友人手两条，系在车子左右两边的倒车镜上，算是把晦气都丢在路上了，没带回家。

“一条龙”服务是细节第一，质量第二。最辛苦的要算军乐队，从家里就开始吹，到路上，到殡仪馆，到告别厅，到火化间，再到路上，最后到墓地，催泪的是他们，营造气氛的是他们，装点阵势规模的也是他们，有他们吹奏乐曲就悲壮，就热闹，就煽情。有人粗粗地做了统计，在这场葬礼上，军乐队总共有二十四次不失时机地吹奏乐曲。但也有人注意到，除了哀乐，这些乐曲中真正和现场气氛对得上号的，只有一首，就是刘和刚唱的《父亲》——“我的老父亲，我最疼爱的人，人间的甘甜有十分，你只尝了三分，这辈子做你的儿女，我没有做够，央求你呀下辈子，还做我的父亲……”其余的都是《说句心里话》《在希望的田野上》之类的歌，要泛泛地讲，意义也算可以的。“一条龙”服务的这些内容，如果不是由专人去做，家属怎么可能知道；就是知道了，也弄不明白；就是弄明白了，也没有能力去做，门都摸不着。万一弄不好，就会留下话柄，别人会说你这些钱也要省，你真是浙江“省”，浙江就你最省，多难听。

不用说，对我们的“一条龙”服务，老人的家属很满意。

“一条龙”服务的钱还是比较好赚的，比化妆的好赚，过程和准备时间虽然长了一点，考虑的内容虽然多了一些，但家属一般都会一一照办，还是挺和谐的。不像我们化妆的，工作单一，不起眼，镇不住家属，只能老老实实、细水长流、积少成多地慢慢做。我原先以为，这一趟“一条龙”服务是帮家属一个忙，是给魁星拉个业务，没想到魁星还分给我一半的工钱，五五开，真是不好意思。魁星说，谁愿意做这个呀，也只有我们兄弟做做，拿着。那我就不客气了。是啊，我们这些人，就是要人抬人，就是要相互照应。

但是，许多仪式慢慢也会被简化。像放鞭炮啊，撒纸钱啊，现在城区已经不让搞了。像“子女谢步”之类的礼节，也会被慢慢淘汰的，因为人们的观念也在不断地变化。但有一些仪式，大家还是愿意保留的，因为涉及情感。清明节已经是法定节假日，就是这个道理。

# 考职称

宝贵老师说的职称考试，我还当真复习了，紧赶慢赶地突击了三个月。说老实话，我头都大了，我看书基本上是过目就忘的。像我们这些人，本来就不是什么读书的料，虽然在老家也读了初中，但那也是乡下的初中，出来打打工可以，正儿八经地想考职称，还是像打仗一样吃力。我想，我就是去考，也肯定是考不好的。但宝贵老师也是为了我好，他的意思是，你得有个东西拿在手里，心里才有底。我现在是合同工，万一哪天出了个政策，说职称达到某个级别的人可以转正，那么我要是有这个资本，就真的能转正了。我也是在为今后打基础。

我们的职称考试的制度，有点像外国大学的那种学分制，也许这就是为我们这些从事特殊工作的人而设置的，让你慢慢地学，让你慢慢地通过考试，这也充分体现了国家对我们的照顾。什么时候有考试，什么时候你想去考，可以先考出一门来，在档案里记上一笔，待日后考试成绩累计够了，就有用了。原则上是考三门，理论一门，作业两门。作业是哪两门呢？一门是用活人当尸体做示范；另一门面对真正的尸体，还不是一般的尸体。一般的尸体，我们每天都在打交道，没什么好表现的；但死因特别的尸体，或残缺破损的尸体，就要看你在特殊的情况下怎么表现了，把控住或直接就蒙了，都有可能。

第一场考试在省城的殡仪馆里进行，是宝贵老师挑了个轮休的日子带我去的。据宝贵老师说，他还是评委之一。他怕我知道得早了不好好练，到了省城之后才告诉我。省城的殡仪馆，气魄比西州的大，感觉房子都是大一号的，看上去要威严很多。

考试的科目是用活人当尸体的那一门。据说，这些模特是从劳务市场上挑来的打工者，这事一般人不愿意做，觉得晦气，只有打工者也许还可能试一试，两小时一场，一场五十块钱，像电影城那些临时的群众演员。模特要有特征，特胖的或特瘦的，或老或少，肤色特黑或特白，考验我们料理尸体的利索程度和化妆的应变能力。

这次来应考的人居然有五十个，都是来自全省各地殡仪馆的，年龄都偏大，只有一个人比我小，可见干这种工作的人少，太年轻的没有，后继乏人。这种情况也说明，大家对这份工作还是很在乎的，也是很珍惜的。考场设在省城殡仪馆最大的那个厅里。宝贵老师说，这个厅平时都是为特殊人物准备的，这两天没有什么人物要用，就腾出来临时给我们做考场了。厅里摆了五张台子，每张台子上躺的模特的特征各不相同。评委也是五个，每个人主要盯着眼前对应的那张台子的考生，看手法技艺，看材料运用，看动作快慢，看优雅程度，看整体效果；也交叉打分。我儿子说过，健美比赛也是这样，除了看正常的表现外，还要捕捉几个瞬间。五十个人要考十轮，所以要抓阄来决定前后次序和化妆的对象，这就很有讲究。这道理我懂，就像我们老家那边的“摸骡子”。

我们老家那边有一道冰川，说是有亿万年历史了，是国内最古老的冰川，虽然不怎么好看，但只要是有人去那边，都会想上去看一看。上山只有一道梁子，又陡又窄，需要骑骡子才能上去。这是个赚钱的好路子，村里养骡子的人就自发地组织起来，成立了一支骡队。各家的骡子都不一样，有大有小，有好看的也有难看的，有年长的也有年轻的。游客也一样，有胖的也有瘦的，有大人也有小孩，有男的也有女的。因此，为了公平起见，也考虑到每只骡子的承受能力，每次驮游客之前，都要靠抓阄来决定骡子驮的对象。骡子很聪明，抓阄抓到了个子小的游客，它就兴高采烈，踢蹄子打响鼻，眉眼笑眯眯；抓到了胖子，它就垂头低眉，拖着腿走也走不动，很不情愿的样子。骡子主人的心情也一样，胖子往骡子身上一骑，骡子主人都会“哎哟”一声，好像骑的不是骡子，而是他自己的脊梁骨。这是笑话，但也是实际情况。

这个考试也是这样，如果你抓阄抓到的模特是一个胖子，抱也抱不动，那清洗和穿衣就吃力多了。吃力了，你就很难做得好，动作就难看，就容易被扣分。不仅如此，你抓到的模特还要心地善良，心地不好的，嫌给的钱少，就可能和你怄气，甚至对你撒气，不配合，不接招，那样肯定就搞砸了。万一你还把他搞笑了，那就是笑场，就完全泡汤了，说明你根本就没和他达成默契，没心领神会，心情和手法都不严肃，态度就有问题，也要扣分。要是抓到了一个心地善良的模特，能体谅你的难处，能理解你的不易，他就会顺着你的意思配合你，你提一下他的手，他的手就软了下来，这样衣服也就好穿了；你刷一下他的脸，他非但不笑，还屏气凝神地任由你摆布，这样你的动作要领也就出来了。

我运气不错，抓到的模特是一个女人。她看起来很面善，身体显示出劳累的样子。是她先问我，说，你们这是在做什么？我说，考试。她说，考什么呢？我说，为尸体料理后事。她说，他们招我来的时候也这么说，我还不相信，还真有这样的考试？我说，有的，还不只这些，还要考别的，挣饭吃嘛。她说，噢，那你们这碗饭还真是难吃啊。我说，难吃也得吃啊，你不是也一样吗，也不容易嘛。她有这样的想法，我们再这样一交流，我就知道这次的考试没问题了。

在接下来的过程中，我都感觉到了这个女人的善意。她在暗中给我助力，我的手拍到她的腰，她就会顺势把臀部抬起来；我的手拂过她的肩，她就自觉地俯身过来，而且还做得天衣无缝。在化妆的时候，我也假戏真做了，我没有将她照尸体的定位去化妆，尸体妆有尸体妆的要求，是在死板中求活，在刻意中求真，我不想把她化妆成那样。她虽然不好看，但还是很适合化妆的，我给她化了淡妆，还稍微地提了提神，就是眼角、鼻沟、唇线都画到了，画出了彩头。她下来之后说，你这么认真，一定把我化妆得很好看。

这一场考试的分数不会差，但宝贵老师看出了我的破绽。他说，你还是把她当活人了，还是把她当女人了。我说，没有啊，我没有那么想啊。宝贵老师说，你有，我看出来了，你的手就是伸不过去，你给她扣纽扣的时候就有些拘谨。我想了想，确实，老师就是老师，眼睛毒。他又说，那个女人的胸脯是大了点，但你也没有必要先看一眼啊。我心里又轻轻地咯噔了一下，心想，这也看得出来啊。一般给尸体穿好衣服，我们都要用手去整理一下，把拐弯抹角的地方掖掖好，不能皱巴巴的，死人也是要讲究仪表遗容的，尽管是程式化的。但这个女人是有呼吸的，她的胸脯在起伏，我确实看了一眼，手也没有上去整理，只是在衣角上拉了拉，把她的手摆摆好。这毕竟不是尸体，是活人，而且是活的女人，我潜意识里还是有别样的念头在起作用。而评委看的就是细节，火眼金睛的宝贵老师看出来就更不奇怪了。

# 生死观

对于死，西方人和东方人的看法不同，中国人和外国人的看法也不一样。西州人对死亡的看法是朴素的，人死如灯灭，人死了，就是没有了，他们把死看作一个规律，不会有什么大悲大痛，都以平常心看待。所以，大多数西州人对亲友的亡故，都有一种放下的心态，该做的，尽量把它做好，不想让别人说闲话。西方人对于死，通常是赋予了意义的，像耶稣基督之死，就被赋予了拯救的意义，因为他是替世人去死，世人的罪都由他去承受了，他死了，世人的罪也就消解了，思想上得到了警示，心灵也得救了。这些说法我也是从那些聚会点里听来的。也有人把死亡解释为奉献，世上的路，曲曲折折，人的一生成功或失败，轻松或沉重，只有死后才可以去总结，可以给他人提供借鉴和警示。

所以，死是对上苍的感恩，是对生命的释怀，是真正的放下。

外国人的丧事，在我这里经手的不多，但也有一个，让我们见识了什么叫作淡然地看待死亡。对于这个外国人，馆里是十分重视的。馆长把化妆师、司仪、火化师都叫了去，说，这是市政府外办交代的任务，务必要做好这场葬礼，要做出高水平，提供优质的服务，还要精益求精，做出国际规格。

外国人的殡葬礼仪应该是什么样的？这确实给馆里出了一个难题。化妆应该没问题，火化应该也没有问题，这些都是三块板两条缝的道理，比较明白的。关键是告别仪式这一部分，有什么条条框框，我们在此方面的认知几乎是一片空白。馆长叫来馆里最好的司仪素敏，要她先了解了解，做做功课，到时候不能出任何洋相。

司仪也有好坏，虽然都是主持，都是念念串词，都采取“一三一模式”，即一分钟默哀、三鞠躬、一刻钟哀乐。当哀乐奏响时，家属和亲朋好友就开始瞻仰遗容了，就算告别了。但有一些乡下的风俗，司仪还是要心里有数，最好事先有所了解，比如“杀鸡祭祀”，不要等到了现场，家属突然提要求了，司仪什么都没准备，措手不及。还有些有宗教信仰的家庭举行告别仪式，常常会自编一套流程，就看司仪有没有现场的处置能力。有一些家庭内部，本来就有不可调和的矛盾，比如血缘上的差异带来的同父异母或同母异父兄弟的矛盾，有些人就会借助这个机会发泄个人恩怨。这个机会也是最可以放肆的，人多，嘴杂，可以大胆地说话，让大家了解真相。也有人没完没了地哭，哪里有那么多的泪啊，哪里有那么深的感情啊，不过是借哭闹场，借哭申冤。这都得由司仪去把控场面。素敏就有这样的本事，她会灵活机动，自创一些耸人听闻的说法，按照她的理论，这些东西又没有什么教科书，也没有什么词典可以查，到时候都是她说了算，那就现场发挥吧，只要镇得住场面就行。素敏也是一个合同工，时间做长了就留了下来。她说自己天生就是做司仪的料，一穿上工作服，就好像灵魂附体，一站上主持台，声音就变了，变成哭腔了，变得颤抖了，变得低沉缓慢了，一下子就把参与告别仪式的人带入了氛围。“司仪不是我的独角戏”，这是素敏的名言。

我一直都觉得，司仪不是我们想象的那么简单，还应该算是个政工活。好的司仪，要事先和家属沟通，要倾听家属的想法，要串联好告别仪式的各个环节，关键还要引导出家属的感情，让告别仪式更有意义，那才叫水平。素敏就说过，别小看一场告别会，对于一个家庭来说，这是最好的追思会、缅怀会、感恩会、教育会。一个家庭，特别是普通的家庭，平时很少会坐下来议论或评价老人。只有在这个场合，人都到齐了，大家都心平气和的，气氛也比较融洽，情绪也比较饱满，何不把死者的丰功伟绩摆出来，让全家人一起来认识一下，感受一下。对于一个家庭来说，无论贵与贱、富与贫，总会有一些物质财富和精神财富的。这些东西，老人生前积少成多，积蓄了一辈子，现在都留给了后人，或成为了一种客观存在，或潜移默化地影响着大家。这些财富，要是不说，大家就都忽略了，觉得是自然而然的；要是说了，就完全不一样了，尤其在这样的场合说，大家更容易听进去，会觉得确实不易，完全可以作为家庭的物质遗产和文化遗产，传承下去。

我有时候化妆，了解到一些情况，会把一些有要求的家属推荐给素敏，其实也是把素敏介绍给家属。我们馆里几个要紧的工种，有时候也会互通资源，互相推举，这样可以互相提高业务量。司仪的工作内容都是差不多的，但喜欢与应付是完全不一样的。素敏的用心在于主持告别仪式时能抓住重点，不千篇一律。对于寿终正寝的老人，她会尽量做到语调平缓，家属都早已接受了事实，就不必再煽情了，让大家在平和的气氛中缓缓地告别，大家会觉得送老人最后一程不是折磨，不是煎熬，而是一个温馨的回忆。对于英年早逝的年轻人，她会慎用“痛惜”“扼腕”这些词，尽量提及逝者的听话、懂事、努力学习、好好工作，让大家沉浸在美好的怀念中，重点是她压得住情绪，不让家属悲恸到失控，然后尽快结束告别仪式。对于佛教徒，她会强调修行和重生，一切皆有因果，这一世的行善，来世会有好的果报。对于基督徒，她会表示尘世充满荆棘，通往天国的路都是阳光，今天逝者的离去，说明罪孽已经结束，新的生命正频频地向他招手。

有一位艺术家去世了，他生前在民间很活跃，但在一些领域内却不受待见，家属很希望在告别仪式上说一说，但又没有人愿意说，怎么办？素敏和家属交流后，了解了艺术家的为人、脾性、爱好、成就，就写了一段他的生平介绍，在主持词里带了出来——

在朋友的印象里，他是一个仗义的人，他的仗义体现在对事物爱憎分明的态度上；他也是一个热心热血的人，他的热心热血体现在对朋友的情义上。因此，他的社会交往甚广，各个阶层都有他要好的朋友，这也充分证明了他的为人是诚恳的、友善的。在从事艺术工作这么长的时间里，他从没有停止过学习和创作。他技艺多样，涉及多个艺术门类；他看淡荣誉，在民间却声名颇重；他是艺术的常青树，老中青三代都有他的同道挚友；他又是一位率真的艺术家，每个阶段都有他独特面孔的作品呈现。就是在市场经济相对活跃的当下，尤其是在他身体欠佳的情况下，他仍然坚守着自己的艺术品格，不讨巧、不迎合，以宁静的心态去完善作品的意境，这是多么难能可贵……

又含蓄，听着又没有妨碍谁，各方就都接受了。艺术最难搞，说好说坏，都有人较真。

这次火化安排的自然是李师傅，我最佩服的就是他。这些年，馆里的火化业务，以每年增加一千具尸体的速度递增，班组的员工却没有增加，全靠他在运筹帷幄。他口碑好，大家愿意听他的。为什么口碑好呢？就是因为他有技术。他什么样的炉子都会修。修炉子的时候人要钻到炉子里，那可是火化尸体的地方，里面都是颗粒啊油脂啊，想想都觉得非常不堪，但是他不嫌晦气，也不害怕。还有，班组里的人都多少有点尘肺，一拨人里，就数他尘肺最严重，这都是长期烧炉落下的职业病，但他一直坚持在火化第一线，从来也没有高高在上过。对他的技术，馆里是绝对放心的。

但是，这个外国人的尸体，还是让宝贵老师和我都惊呆了。这是一个外国女人，是难产死的，身边还有一个死去的婴儿。我们格外惋惜，有一种从未有过的别样的心情。生与死，就这样强烈地碰撞在了一起，就这样发生在了一个人身上。我们可以想象，她的家人是从怎样的欣喜跌落到怎样的悲伤，甚至都来不及欣喜和悲伤，就都无法挽回了，什么都没有了。外国人对于生死的看淡也是超乎我们想象的，在化妆室里，亲朋好友就静静地站在尸体旁边看着，没有哭泣，甚至连抹泪的都没有。偶尔有人轻声低语，我听不懂他们说什么，从他们的神态，我猜测他们在说，这对母子真漂亮，像生前一样，像睡着了一样，他们会安安静静地到天父那里去的。待宝贵老师和我开始料理尸体时，他们又都自觉地退出了化妆室，生怕打扰我们的工作。女死者的男朋友说，他和她在西州的同一所学校教书。他唯一的要求是：婴儿不要放在母亲身边，要单独放在一个棺木里，这样，母子俩各自有各自的空间，躺着会舒服一点。然后，他就和其他人一起在外面等着，没有再说话，人们都在默默地祈祷。

那天，宝贵老师和我都做得很仔细，我们完全被外面的安静控制了，听惯了平时的哭哭啼啼，这样的安静反而让我们的神经都紧张了起来。我们给那对母子用最好的圣罗兰化妆品，描笔和刷子都是刚领来的，全新的。因为告别仪式在下午，他们没经过冷藏，也不讲究时辰那一套，而是顺其自然，从医院直接送到了馆里。因此，他们的尸体真的像生前一样，完全可以不按我们的程式来，就照着原来的相片去化妆。宝贵老师给母亲化妆，我给那个婴儿化妆。那天，我们好像也上了全新的一课。

下午的告别仪式的情况我就不知道了，据说，连素敏也根本插不上手，那些外国人差不多就是借馆里的场地一用。下午，馆里一般是特别冷清的。热闹都在凌晨和上午，从四点开始到十一点结束，后面偶尔有一些零星的火化，要在告别厅里落一落脚的，挨到午后也差不多了。西州地方上有说法，中午料理好这件事，万事皆顺，所以才会有早上排队人挤人的现象，呵呵。没办法，习俗很难改变，在殡仪这一行尤其是这样。下午，二楼没有一个人，楼下有几个灵堂还摆在那里，有一点点动静。一排告别厅，空空荡荡的，一路过去，只有尽头的那个告别厅最小，那些外国人就在这里。告别，似乎应该就这样安静才对。没有挽联，没有花圈，没有照片，没有LED显示屏。素敏说，她就是在一旁看着他们。他们的理由很简单，这样的事，不应该叫别人代劳。仪式上所有的用品都是他们自己带来的，包括音乐，他们带了一个小小的收放机，放在棺木旁，低缓的音乐反反复复地播放，听起来很安慰，不像外面平常放的哀乐。参加告别仪式的人好像是说好了一起来的，连小孩在内三十多个人，大人一律穿黑色衣裤、黑色衣裙，小孩没有讲究，但也打扮得整洁漂亮。每个人手里都捧着一把紫罗兰、勿忘我，一点一点地铺在遗体旁边，一会儿就铺满了，像一块花地。婴儿的棺木在他母亲的棺木旁边，也被鲜花包裹着。还有人送来了婴儿车，车里装满了布娃娃和玩偶。女死者的男朋友简单地说了几句，大概是介绍她的生平情况，以及“我们会想你的”之类的话。然后，大家围着她，围着婴儿，肃穆地伫立了一会儿，又低头轻唱了一首赞美诗，最后，他们又唱了一首《追思之歌》，告别仪式就结束了。

素敏陪着他们去火化间，由李师傅亲自接待。那天下午，火化间其他工友都安排休息去了，只有他一个人留下来主事。女死者的男朋友还是那个意见，就是要给予婴儿一样的待遇，要单独火化。面对这个婴儿，李师傅也感觉神圣起来，他认真地核对单子，核对手牌，尽管下午只有这一项任务，但还是要按照规章制度来执行。婴儿排在他母亲后面火化，程序和大人的一样。最后的过程，李师傅尤其小心翼翼，他事先了解到这些外国人准备的骨灰盒像一个花瓶，就为他们准备了两个红绸袋子，一大一小，像装玉坠手镯的那种袋子，就是稍大一点，这是李师傅的用心之处。火化结束后，他轻轻地用竹铲把骨灰装进去，慢慢地扎紧袋口，上面还扎成一朵花的样子，放到瓶子里。李师傅说，这样看起来会精致一点，反倒不像是骨灰盒了。

# 反　串

我要说的特长，不是指拿捏尸体的感觉，也不是指化妆的手段，更不是指我原来修车开车的技能，而是前面说过的男女声反串，能用两种声调来唱歌。自从电视节目里有了这种表演样式后，很多人都发现了自己也有这种特长。这种技能也和其他技能一样，是可以练出来的，就看你想不想发展了。但好像也会留下一些“后遗症”，比如男的扮女的，久而久之，看起来就有点女相了，特别是眼睛和嘴巴，会不自觉地眯成狐狸眼，或嘟起个樱桃嘴；而女的也一样，扮男的久了，眉宇间也会流露出一些英武之气，好像自己身上真的长出了力气。说了半天，我也一样，也不知不觉有了点女性特征，手越发地白了，伸出来自己也觉得难为情；因为眉笔啊粉底刷啊拿得多了，手指也越发细了，也会习惯性地跷起兰花指；声音更是这样，有时候一张嘴，完全就是女生的腔调出来，冷不丁吓了自己一跳。我这个特长，有一天还真的在化妆上派上了用场。

有一天，魁星从西州大学拉来了一具尸体，是一个大二的女生，漂亮、干净。拉过来的时候跟过来很多人，我也去看了，有学校的领导、老师、同学，还有女孩的父母，大家都没有哭，又好像很焦急，这样的场面是令人窒息的。

学校领导好像都没有说话，他们知道，这时候，天已经塌了，说什么都已经晚了，现在只能等家属开口。老师也是，这个事出在她的班级里，虽然不一定是她的原因，但她肯定逃不掉责任，也完全傻了。那些同学，像一群被雨淋湿的鸡，缩在那里瑟瑟发抖。家长也许是知识分子，也许是从事什么严谨工作的，所以形成了隐忍和不事声张的性格，他们默默地办完手续，无声地看着自己的女儿，不知在想什么。只是在准备离开的时候，一直站在女儿身边的母亲，想上前打开装尸袋再看一看，但马上被丈夫拉住了。然后，他们默默地匆匆离开。歇斯底里的哭声最终没有响起。我们以为女孩的父母会有一场哭诉，那是一种释放，否则扛着顶着是很苦很累的。但也许他们就是不想这样，怕影响自己的形象，还是怕给学校和老师压力，还是有什么其他的想法?我们搞不懂。

按理说，父母含辛茹苦地把女儿养大，他们的心血马上要开花结果了，现在女儿却突然死了，这是多么痛心疾首的事情啊!等于把父母亲拦腰斩断，他们都已经是五十好几的人了，他们该怎么办？他们的下半生还有什么盼头？在这个地方，我们见多了各种各样的尸体，我们常常在一起议论家属，观察家属的表现，他们的表现直接反映出家庭的内涵，透露出家人的情感。这个地方，这个时候，这样的死亡，是应该有惨烈的哭声的，哭是正常的，就是哭得死去活来也是正常的。但他们都没有哭，只是默默地看着，就显得很异常，就觉得女孩的死亡沉重和残酷。

女孩是从学校的河里被捞上来的，一点也没有磕碰和泥污的痕迹。按照我们的判断，她不是跳河，而是慢慢地走向河里，把自己淹死的，她自己要死，就谁也拦不住。后来我们听到了一个说法，其实她早就在精神方面出了问题，早就在酝酿着自杀了。她最近老是把自己关在寝室里，和室友好几天没说话了，室友也商量着每天要有人陪着她，但这一天大家忙着考试，疏忽了，就出事了。

女孩的父亲后来也来过馆里，在没有和学校最后达成协议之前，他过来也是徒劳，他来干什么呢？程序上还没有走到那一步，想再看看尸体又看不着，也不好看，和我们这些人也没有什么话好说的。他来，只能说明一个问题，他感到无助了。他带来了女孩在家时爱穿的衣服，放在宝贵老师那里，但现在还没到要给女儿穿衣打扮的时候。后来宝贵老师说，女孩的父亲就一直坐在他办公室里不走，翻来覆去地说着话。我问，说什么呢？宝贵老师说，他说得最多的就是“倒霉”。他说，真倒霉，我们连一个女儿也养不好。这说法和一般家属不一样，这是性格内向又爱面子的人才会有的表达。他说，我这几天一步也不敢出门，生怕见到熟人。他说，我们对面的邻居，也是一个姑娘，整天疯疯癫癫的，打扮得像妖精一样，我们以前都笑话她，但再怎么说，她还活着，而我们的女儿，已经没有了。他说，我们的失误太大了，我们没有想到会是这样的，我女儿一直都是很好的，自强自立，从来都不用我们操心，她在学校时我们一次也没有去过，她会有什么问题呢，她会很好很顺利的，我们都这么想。他说，她上上个星期给我们寄了一封信，我们没有引起注意，近在咫尺，她为什么写信呢？有事打电话也可以啊，况且，她写的内容，我们也不是看不懂，而是觉得那不是她要关心的问题。她是学医的，却关心起宏观的调控政策。过几天，我们又收到她的一封信，是她的一版照片，就是扩印店里那种样式，二十张一寸照片排在一起，我们有点费解，她寄这个东西干什么啊？我们还在想她的问题，还没有想出个头绪，她就死了。他说，现在看来，她那个时候已经有抑郁倾向，或者没有办法跟我们沟通了，所以想做一些出挑的事情，引起我们的注意；或者说她已经控制不了自己了，她是给我们发来不祥的信号。而我们是多么愚笨啊，猜不出她的谜语，还在傻猜，要是我们那天就直奔学校，去看看她，她就是病了，我们也早点把她接回家，她也许就不会出事了……

女孩的父母最后和学校达成的协议也是怪怪的。他们说，人都没了，说什么也没有用了，就是赔再多的钱，女儿也回不来了。他们没提学校的监管责任，也不要老师做任何表示，他们所谓的“谈判”诉求就是一条：给女儿请一个女化妆师，来料理女儿的后事。他们的女儿还是个姑娘，那么漂亮，像天仙一样，他们不想女儿的身体让一个男人经手，更何况是像我们这样的男人。我想，女孩父亲先前和宝贵老师说了那么多，也是想取得宝贵老师的支持，女孩的父母早就把这件事计划好了，他们觉得这件事很大，很重要。

他们的要求高吗？不高。但也确实是有点难度的。这无疑是个新问题，我们都没有意识到，都没有想到在尸体化妆上还会有这样的要求。我们原来只意识到对尸体的重视和尊重，没有意识到家属还会要我们回避，甚至涉及冒犯死者；只意识到家属的要求，没有意识到家属还会替尸体提“感受”。这事一直僵持了好几天，馆里对女孩的父母说，给我们几天时间，我们去外地请。我们馆里还没有女化妆师，省城也没有。宝贵老师是老资格了，他联系了一些同行，回信都说没有现成的女化妆师。后来又跟长沙的殡仪学校联系，看有没有在校的女学生能做这件事，校方也拒绝了，说学生还没有这方面的资格，何况这件事又承载了家属的重大要求，意义非同小可，万一弄糟了怎么办，这个责任谁也担不起。后来宝贵老师对我说，事情总是要解决的，搁着不动也不是办法，我们瞒一下他们怎么样？我说，怎么瞒？宝贵老师说，善意地瞒，这也是没有办法的办法，就是不知道能不能瞒过去。

宝贵老师的意思是让我男扮女装。我前面说过，我有先天的条件，个子不高，手又白又小，关键是我能自如地变换女声。这工作又是全副武装的，手套、口罩、帽子、白大褂，再戴个假发，只要别交流得太多，蒙混过去应该没有问题。虽然我觉得不太妥当，但为了给馆里排忧解难，我琢磨着是不是可以试试看。

三天以后，为了以示重视，馆长和宝贵老师一起约见了女孩的父母，跟他们说，我们从外省请了个女化妆师，技术、手法都可以完全放心，你们有什么要求也可以先和“她”交流一下，有什么问题我们一起解决。我就这样被带到了他们面前，我全副武装，把身体遮得严严实实，只露出眼睛和戴着橡皮手套的小手。我用女声跟他们说，整个过程你们可以看，可以提意见，如果你们不放心，也可以一起参与。女孩的母亲就说，那我要看着她。我说，好的，没问题。从办公室到化妆室，也就是几十步的过道，但我走得是前所未有的艰难。我不敢放开脚步，不敢松开身体，虽然从没有提过腰，但这几步我都是夹着屁股走的，我要尽可能地走得含蓄，我怕稍微一松懈就露出无所谓的样子来，那是男人的秉性，那样就露馅了。

我把帘子拉起来，把女孩的母亲请到里面，把父亲留在外面。帘子的隔壁，还有一个老年妇女的尸体，她是过马路时被汽车撞死的，因为走得突然，子女们也是悲戚难抑，他们断断续续的哭诉声呜咽成一片，萦绕在我们身边，也分散了女孩母亲的注意力，同时也掩护了我的许多不便。我慢慢地轻轻地剪开女孩的衣服，我准备了好多条毛巾，我让女孩母亲及时地把毛巾盖在女孩的敏感部位，我再征求她的意见处理哪里、怎么做，我想这样她会好受一些，满意一些。这也是我们的一个理论，看不到尸体的全部，感官的刺激就会小很多，承受的精神压力也会相对地减少。我们做得很仔细，几乎没落掉一个步骤，需要她母亲做的，我都事先提醒，绝不擅自行动，我情愿以她为主，以我为辅，关键是要顺利，没有疑义。那真是一个漂亮的身体，皮肤洁白细腻，像涂了油脂一样，在灯光的映照下，泛着幽亮又柔和的光。我们清洗、穿衣、化妆，女孩母亲毕竟还是有点心理障碍的，她不敢触碰得太多，但对于女孩的手脚，她好像特别在意，老是擦来擦去，好像女孩刚刚从泥污里挣扎出来，好像接下来要走向全新的路程……

就这次化妆本身来说，因为有了女孩母亲的搭手，是做得最漂亮最顺利的一次。但从我内心的感受来说，却是如骨鲠在喉，因为家属的最低要求就是保持尊严和隐私，而我们，却不得已地用了隐瞒的手段，乔装打扮，蒙混过关。

# 紧急任务

我说自己对这件事一点也无所谓是不真实的。说自己星辰大，有胆量，不害怕，那也是自欺欺人。任何特殊的事，包括玄幻的、神秘的、有宗教色彩的，你总会格外地小心翼翼，不敬畏不行啊。

我初来乍到的时候，宝贵老师就教给我许多规矩。他说，这些做法你不要问为什么，也不用去弄明白，只管照做就是，也许做了也是白做，但做了没错，做了心里会踏实一些。我知道这些做法不是书上写的，也不是规章制度，是口口相传留下来的，就好像“非物质文化遗产”。你要是说出来，还可能被人笑为愚昧，但你要是不做，自己心里就会有疙瘩，就会过不去。比如手上要扎一根红线，里面要穿红裤，衣角要别一枚别针，露天要戴斗笠，有后门要走后门，没有后门要左脚先进门，注意讣告下面提示的需要回避的生肖，出门前记住念一句暗语，暗语可以是自己设置的，如果内容涉及保佑家人，最好把家庭住址也说清楚，还要说本地话。我老婆还有个更有趣的做法，说去单位工作前，或在外面有什么相关的事，记住左手大拇指向手心里握一下，等等。我自己也有个习惯，见了寺院一定要进去拜一拜。我一般都拜两尊，一是东方药师佛，一是观音菩萨，前者保佑我健康，后者保佑我顺利。我去得最多的是近郊的两个寺，一个叫伏虎寺，一个叫圣仙寺，正好在我们馆的左右两个方向，我去乡下运尸体的途中，如果时间还充分，我都要进去拜一下。这完全是心理作用，但毕竟我做的是一份特殊的工作。

一天晚上，下着细雨，正好家里也没有事，我又特地去了圣仙寺，拜过佛之后又去师父那里坐了一下。师父那里经常会有一些人去坐坐，一般都是信徒，去时都会给师父带点东西，有时候是茶叶，有时候是时令水果。我什么也没有带，我还是有这样的顾虑，东西从我手里送出去，别人会不会有异样感呢？我一般就是坐一坐，听听他的高论；有时候也请他帮我解惑，一些不很明白的道理，问问他，不管听得懂听不懂，总算是把心里的疑惑说出来了，会舒服一些。但我知道，我更需要的是心灵救助，类似于一种精神解压，这很要紧。人有时候就是这样，过一段时间，总会感觉疲惫和困顿，犹豫和怀疑。大概坐了有半点钟的光景，我从禅房里面出来，雨还在下，我撑着伞从这个走廊走到那个走廊，从这个天井走到那个天井。雨夜在寺院里走走，感觉特别不一样，有一种小说里的情境，仿佛浑身上下都闪着灵光。到了大门口，糟糕，我发现停在路边的车被别人的车堵住了。我试着挪了几下没有挪出来，只好求助交警。我拼命地拨打电话，要么是打不通，要么是打通了没人说话。我又改打了110，特警的电话也是一样，好像故意在躲着我。后来总算是打通了交警的电话，交警说，我们今天很忙，没工夫处理你的事，你自己想办法吧。我说，别别别，我想过办法了，没有用。交警说，西边动车追尾了，我们都到现场去了，要么你把堵住你的车的车牌号告诉我，我查来车主电话，你自己联系他。我说，啊，动车追尾了？那我也要到现场去啊，我这个可不是一般的车啊，也和你们的车一样重要啊。交警来了兴致，说，你的是什么车？我故意说得明白点，接收尸体的车，殡仪馆的车。交警“噢”了一下，说，那还真是要用到你的车，那里真的死人了。

交警查来了车主的电话，我开始拨打那个车主的电话，这时候是晚上八点。还好，这个车主是来寺院小坐的信徒，心地不错，只“噢”了一声，就慌兮兮地跑出来移车，我也随即把车开出来了。

回家的路上，我突然想起刚才交警说的动车追尾，还以为他是开玩笑，动车怎么会追尾呢，汽车才会追尾。但接下来宝贵老师的电话，马上告诉我这件事是真的。宝贵老师说，两列动车在西向桥上追尾了。我说，我已经听说了，还真的追尾了啊？宝贵老师说，你听谁说的？听说了还不赶快回来？现在还不知道具体情况，但听说前后六节车厢挤压，肯定会死不少人的，你直接开车去那里，位置在西向高速口附近。我马上想到了我们的工作，哪里有尸体，哪里就有我们。

我加足马力拼命开车，特地拐上了过境公路，这样虽然距离稍远一点，但不用在市区绕了，可以更快地直抵西向高速。刚到公主岭附近，我就看到路上已经被管制起来了，到处都是穿制服的人，分不清是警察，还是城管，还是保安。闲散的车辆一律被拦在了公主岭外面，向近郊周边疏散，不管是路过的还是回家的，对不起啦，你们花时间慢慢从别的路绕道吧。路上，不断有警车呼啸而过，有救护车呼啸而过。我的车也呼啸而过，虽然没有那种转动的彩灯，但车上的殡仪馆标识还是很管用的。我只是在最里面的关卡被拦了下来，警卫看了看我的车，看到了车上的标识，问都没问，就放我进去了。

我老远就看到了和高速公路平行的铁路桥，尽管是晚上九点，看不清周围的景致，但那样的场面还是很让人震惊的。前一辆动车的最后一节车厢已高高地爬起，爬到了前一节车厢的背上，后一辆动车的第一节车厢已掉落在地，第二节冲出来挂在桥上，第三节已侧翻，还不止翻了一个滚。现场所有的车辆都打开了车灯，把那桥上桥下照得忽明忽暗，层次分明，远远地望去，像一片废墟，又像是一个电影拍摄现场。

桥下是一大片农田，泥土已被各种车辆轧烂，已被人踩烂。无数救援的人从近处延伸到远处，一直延伸到桥上的动车上。这些人一看就知道是自发过来的，是从四面八方赶来的，没有统一的着装，有的甚至穿着短裤赤着膊。我的车自觉地停在几辆救护车边上，馆里的另外两辆车也到了，自然，我们馆长和宝贵老师也在。他们没有指挥权，就坐在车上听指挥。从动车里抬出来还有呼吸的、会哼哼的人，就送到救护车那里去；抬出来经公安人员、医生、法医看过，证明已经死亡的人，馆长和宝贵老师就叫我们装袋，抬走，放进车里。我们的车原来只是在后座底下有个位置，用来放尸体，现在车里的过道上也装了好几具尸体，每装三四具尸体就拉回馆里一趟。这天晚上，我们不知道在事故现场和殡仪馆之间来回跑了多少趟。

接下来的这些日子，我们馆里一下子多了许多尸体，每天接收的尸体比平时两三天接收的数量还要多。这些尸体还不能马上处理掉，要先冷藏起来，等事故后续事情都妥善处理了，才能走下一步流程。那些日常过来的尸体，我们就会做做家属的工作，叫他们最好不要挤在这个时间里过来，什么日子啊时辰啊，就不要那么讲究了，灵活机动地处理吧，免得仓促了，万一疏忽了，事情不周到了，大家心里都不舒服。家属一般也都会体谅、配合，仪式好简化的就简化，日子好提前的就提前，好挪后的就挪后，这样我们就能腾出时间，省下精力，一门心思应付动车事故。

这是件意外发生的大事，我们馆里也是全力以赴地跟上，工作组也进驻了，从上到下来了很多人。大厅也被隔出了许多小间，不知从哪里搬来了许多椅子，休息室、办公室、会议室也都被利用起来，做谈判场地用，一对一地接待从四面八方赶来的家属。整个馆里人山人海，平时馆里只是早上那一阵热闹，现在是全天候热闹，除了为正常死亡者送葬的人，还有工作组的人，有和动车事故相关的人，有各种媒体来的记者，也有一些是临时来看热闹的。馆长一再嘱咐我们，吃好睡好养好精神，这个仗有的你们打呢。他说的像《南征北战》里的台词。还说，要当作政治任务来完成，要注意细节，说话要小心，不要不耐烦，难听的词不能用，敏感的话不能说，待人不能嬉皮笑脸，也不能太刻板，要自然一点，要充分考虑到家属的感受，人家突然失去了亲人，心里一定是很难受的，惹他们伤心或不高兴了，事情解决起来就会很麻烦。馆长不说还好一点，一说，我们反而不自然了，好像被捆住了手脚，见了人都是一副低头哈腰的样子。

我们化妆室的人也进行了分工，手艺一般的，暂时应对那些正常死亡者；技术好点的，专门接待动车事故这边的，因为动车事故的死者的尸体，几乎都有损伤，有些损伤还大大超出了我们的想象，且动车事故这边的尸体，化妆的要求肯定要高一些的。这几天，宝贵老师也专门驻守在我们这里，他有职称，在业内也小有名气，曾经被省里抽去鉴定伤残等级，由他来和家属探讨尸体的问题，会有说服力一些。我们还从省外请来了三个化妆师，来加强我们的力量，督促我们的工作，他们都是国内超一流的高手。这是一项很科学、很严谨的工作，不是谁都能轻易摆平的。尤其是权威的鉴定，关系到家属的接受事实，也关系到资金的落实，资金落实了，就意味着尸体修复起来有余地，就意味着家属的满意度会提高。

我分到了三具尸体。其中有一具尸体的头被什么劈去了一半，只剩下半个脑壳，头皮都没有了。家属就是一句话，不修到满意为止其他都免谈。但满意也有个限度，满意不能用秤称、用斗量，满意到什么程度才是个头呢。当然，按照我们民间的说法，尸体的头如果不完整，安葬了也是无法转世的，死者的灵魂会一直在外面游荡。谁愿意自己的亲人在外面游荡呢？衣服晾在外面心里都会不安呢，晚上不把它收进来是肯定睡不好的，更何况是亲人在外面，无处安身。后来干脆就重新做假脑壳，用最好的材料、最好的填充物，把脑壳补完整，把耳朵做上去，头皮、头发没法做，就买了个头套戴起来，看上去还算和谐，不是那么生硬。再放进文明卫生棺掩饰一下，用地方上最高的规格装扮，尸体下面垫两条缎褥，上面盖三条绸被，家属看了后都不敢相信，说比想象的还要好。我们这才如释重负。

# 隐秘的生活

我们算是隐秘工作的人吗？说起来其实也算。如果矫情的话，我可以把这些说得很玄乎很隐晦。你看啊，比如我们馆，它本身就是很神秘的，这个名称就很神秘，很多人大半辈子也没去过馆里，去过的也都是来去匆匆，恍恍惚惚。说得再形象一点，在馆里走一遭，就像是走在迷宫里，怎么进来的，怎么出去的，如果你不留意，就什么也想不起来，在里面走错路了，就是打听了，还是搞不清方向。确实是这样，这就是因为人们对这个地方没有概念，没有经验，也没有图像可以借鉴。那个日本电影《入殓师》是拍给外行人看的，都是程式化的表演，真实的入殓师根本就不是那么回事。试想，把一个难堪的尸体捂着，看不见，那还怎么处理？所以，别人是不知道我们是怎么工作的，也就对我们没有概念。你知道我们在外面是怎么接收尸体的吗？你知道尸体接到馆里后要先做什么吗？衣服是怎样穿的？化妆要用几步？水晶棺是怎么摆的？司仪是不是技术员？火化炉里到底是什么景象？这其中无论哪一项，外人都说不出来。所以，对外人来说，我们是神秘的。对我们自己来说，也是相互保密的，我们一般不会交流这些事，和家人也不会说，我们之间的态度就是心照不宣，把秘密烂在肚子里。这不是因为我们矫情，而是工作的性质和实质决定了就是这样。

我儿子有一天看谍战片，之后跟我说，你其实跟片子里那些间谍有点像。他说，我们无法想象你是怀着一种怎样的心情去工作的，也许你并没有什么特别的情绪，也许你不在意，也许你就是为了生存，关键是你从无愧意，毫不后悔。我觉得儿子说的有点像台词，这不像他平时的腔调。他说，那片子里就是这么说的，说这些人，敢常人所不敢，能常人所不能，为常人所不愿，行常人所不屑，甚至忍常人所不能忍，放弃一切应该得到的欢愉，忍受外界和家人对他们的误解，因此，他们不是普通的人，他们是义人，他们的义就是他们能够做这样的事，他们的义就是没有任何推诿和替代的理由。儿子说的是不错，就是有点太正式了。我觉得我其实就是一个极其无奈的人，或者说是一个极其无趣的人，也确实没办法像正常的人一样。

其实，我后来知道，在我们这个社会里，做隐秘工作的人还是很多的，我曾经接触过两个，要不要说给你听听？我们云南的一些地方，由于边境的开放，由于出入境人员的复杂，感染艾滋病病毒的人也是蛮多的。以前人们对这种病毒不了解，也没有相应的医疗条件，就是发病了也不知道。这些年我在沿海地区打工，尤其在西州，多少听到一些这方面的宣传，知道了一些情况。有一次回家，老家的一个亲戚病了，浑身乏力，气喘不过来，虽然身体还没有溃烂现象，但牙龈和肛门已经开始出血了。我就建议他们去医院查查，他们就去了九医。这种专科医院，像肿瘤医院、传染病医院，一般都不会在院名中直接出现疾病名称，否则太吓人。医生隔远瞧着我亲戚，斜着脸说，会不会是卡氏肺？卡氏肺孢子虫肺炎就是艾滋病病人的一个并发症，肺大面积地黑掉，慢慢衰竭。而这些医生，就是隐秘的医生。他们身为白衣天使，但从不公开自己是什么专科的，不像那些脑外科、胸外科、脊椎外科的医生，牛得很，他们要是被人知道是看艾滋病的，人家马上就敬而远之了。

还有一次，我们家族里过年团拜。我们这个家族也不小，分布也比较广，迪庆、丽江、楚雄、香格里拉都有亲戚，丽江那边的亲戚地位显赫一点，迪庆的和我们楚雄的要寒碜一点。显赫一点的亲戚就会想着团拜，其实就是想显摆一下，所以要求我们都赶到丽江去。这是多么麻烦啊，但我们不赶去行吗？当然不行，不去他们就会要挟说，下次你们出钱，你们组织。我们楚雄的就宁愿辛苦一点，一群人凑一个车子赶过去，还可以吃一顿饭再回来。出车的是我们县里农办的表叔，他会顺便揩个油，借单位的车一用。单位的车是那种工具车，我们俗称“皮卡”，前面有五个座位，后面是一个大斗，摆几张椅子也可以坐人。开车的一般都是我，我的驾驶证是B证，可以开好多种车。其他人就像笼里的鸡一样，被装在大斗里载过去。有一次回来路上，表叔说让他试试开车。我说，你有驾照吗？他说，刚领。刚考到驾照的人一般都手痒，喜欢上车摸摸。我说，刚考到驾照的人在普通公路上走走还可以，上高速可要一年以上的驾龄。他说，没那么凑巧吧，就正好在高速上被逮住了？又说，不是有你这位老司机在边上吗，不会有事的。我就让他开着试试看，结果还真的被交警瞄上了。

生手开车是很好判断的，有经验的交警看一眼就知道了。开车压线的，坐姿呆板的，车速像龟爬一样的，没事也开着远光灯的，喜欢揌喇叭的，拐弯后转向灯未关的，踩油门时发动机轰轰响的，都是新手。我们那边的高速公路限速40公里/时，不像西州这边，走省道也可以开到70公里/时。所以，表叔一开车，交警就看见了，老远就慢条斯理地招手。我说，怎么办，现在把位子变过来，也来不及了。表叔说，随他，船到桥头自然直。我说，你肯定已经违章了。表叔说，所以，也没有办法了。表叔给我的印象是，明明是一个乡下人，却是一身的无所谓。我有时候说他是没有自卑感。乡下人一般都有点自卑感，不敢见人，不敢打招呼，不敢接话，碰到什么事，自己首先就慌了。我在西州待了这么久，仍旧有自卑感，做了化妆师之后，自卑感就更强了，就怕别人生气，特别怕别人说“你也不看看自己是什么人”。表叔是不知道什么叫自卑感的，他无所谓，大事临头了，他也不知道紧张。他停好车，像小孩一样高兴地跑向交警。我大老远地看着他在和交警说话，也不知说些什么，但显然没有被吓住，不像一般的交通违章者那样傻乎乎的。他还笑嘻嘻的，当然也是点头哈腰的，还厚颜无耻地从兜里摸出一个本子，跟交警在解释。我看见那是个红本子，不是通常的黑色驾驶证和蓝色行驶证，那是什么本子？交警仔细地看着，认真地听讲，最后还拍了拍他的肩，居然把他给放了。后来，车子是我开回来的，一路上，我一直在想表叔掏出的那个本子，那是个什么本子呢？问他，他态度又很暧昧，只说，你们不知道的，这叫特殊工作证。我听说有这么一种人，在单位也是平平庸庸的，一点也不起眼的，暗地里却肩负着一种特殊使命，关键的时候，也许就派上用场了，就像那些谍战片里说的"死子被激活了"。表叔居然是这种人，这是我没有想到的。他有什么本事呢？他能做什么呢？我脑子里都是糨糊。这些就是工作性质隐秘的人，像前面那个医生，他要是公开了身份，谁还会找他看病呢？像我表叔，他如果出差，家人既不知道他去哪里，也不知道他去几天，更不知道他去做什么，他突然就消失了。就是贡献大了受表彰，他的名字也是要打上叉叉的，别人不知道那个叉叉是谁，只有他自己知道这个叉叉就是他。

但是，他们和我还是不一样，他们的工作虽然隐秘，但生活并不隐秘，他们在家里还是自如的。治疗艾滋病的医生只要告诉家人艾滋病病毒的几种感染途径，做好防护措施，他就可以和平常人一样生活，一点也不隐秘。表叔除了偶尔来无影去无踪之外，平时的吃喝拉撒也都和常人没有什么两样。这就和我们区别了开来，我们是连生活也和常人不一样，而除了工作，我们又是几乎不和别人接触的，也很少无端地跑出去，这就显得生活特别吃紧，生活中的问题也就特别地凸显出来。

馆里的人在外面，一般都不会自报家门，怕把别人吓着。别人要是无意间问起，在哪里工作啊？我们要么当自己没听见，支吾打岔；要么就是底气不足地说自己在民政系统。说得对吗？当然对，我们就是民政系统的。但就是对了，别人也是警惕的，也会在心里猜疑。尽管馆里的工作不全是接触死人的，但我们的心里也是不安宁的，我们的精神压力很大，我们发现，要是和别人辩白，说自己不是干这个的，而是干那个的，根本就说不清楚，说了人家也不信，反而会越说越糟。

我们是最清楚自己是干什么的，我们会把自己封闭起来，很少到别人家里去，最怕的就是和别人吃饭。但这种场合也总是难免的，不是想推就能推掉的，像分岁酒、新年酒、结婚酒、小孩满月酒、老人祝寿酒、朋友聚会酒。总之，你生活在这个社会里，你有亲朋好友，你就少不了这样的人情联系。开始的时候，我没有意识到这件事情的严重性，我只是提醒自己要注意，喝酒吃饭，手碰来碰去，筷子和汤匙交错，要避免和别人同时出手。有一次，我疏忽了，也许是气氛太好了，我的手忘乎所以地伸了出来。有人看见了，疑惑地说，呀，你这手怎么这么白啊！我马上意识到了，但手已经抽不回来了。我的手尴尬地停在那里，别人的手也正好停在那里，形成了鲜明的对比。别人的手是正常的肤色，我的手却是格外的惨白。我的手确实白，那是消毒水泡的，是硫黄皂洗的，我们和尸体打交道，每一次洗手都是反反复复的，像得了洁癖。而别人的手，无论肤色深浅、皮肤粗细、样子好坏，都是正常的。于是，有人意识到了什么，都不用说，说了就更加难堪了。于是，这顿饭就马上吃得无趣了，最后大家不欢而散了。现在想起来，我已经有好长时间没有出去吃饭了，做我们这项工作的，要特别地自律，要守住底线，别为难别人，特别是不要吓着别人。

现在，我老婆知道了我的工作，但她什么都没说。她不说，是跟我们的生活条件有关，我们从前生活比较艰难，现在生活好不容易稳定了，收入基本上有了保障，她的默许或默认就变得可以理解了，但心底的纠结肯定是存在的，这也是她矛盾的地方。这些矛盾体现在她和我分开洗衣、分开吃饭上。慢慢地又体现在感觉上，感觉无所不在，感觉微妙而陌生，一旦感觉发生了障碍，那就什么都觉得别扭了。接着，我在家里的“领地”也发生了危机，我的碗筷和家人的碗筷分开放了，我的鞋子被搁到了屋外，我的毛巾被挂在了最下面一档，我的衣服也从衣柜里被取了出来，草草地塞进了抽屉里。

我开始喜欢贴着床沿睡。那是我在做接收尸体工作的时候，计划要凌晨出车的，我就自觉地靠近床沿睡，睡得也很警醒。这和感情疏远没关系，就是为了应对那些规律性的起床，就是为了起床方便，我怕翻身的动静太大，会吵醒老婆。我会提前侧着身，到了那个点上，我只用一只手撑起，一只脚踮地，身体就像纸片一样从被窝里抽了出来，就下床了。

再后来，我就睡在了地板上，那也是我自觉选择的。我们开始还盖一条被子，后来变成了一人一条被子，我就知趣了，就主动放弃了睡在床上。其实也是可以想通的，老婆对碗筷、鞋子、毛巾、衣服都那么在意了，那肌肤的接触肯定是有影响的。没办法，在她眼里，我就像是得了一种病，这个病慢慢地加重了，挡也挡不住，只能隔离起来。我当然也试过好多次，有时情不自禁地想和老婆亲热一下，隔一段时间，我的手就会痒痒起来，胯下就会咕咕叫，眼睛也会很敏感，好像都在搜索着什么。女人在控制情欲方面比男人强，一般都能够不动声色。男人就不行，很容易被诱因吸引。比如我考职称那天，在活人身上摸了摸，就会想起老婆。人吃五谷，岂能无欲？有本书上也说，最好的房事就是最好的休息。我高兴了，完成了重大的任务，想好好休息一下的时候，就会有和老婆亲热的冲动。但我又不能违背老婆的意愿，无视严峻的现实。那时候我们都还睡在床上，那种煎熬和蠢蠢欲动大家都知道的。我假装睡着了，睡得很死，呼吸均匀，手脚随随便便搁着。我有时候翻一下身，会故意把身体贴近她，她的身体马上就会惊觉，会迅速地移开，好像她不是感觉出来的，而是本来就是清醒着。有时候，我会假装无意，把手搭在她的身上，就那么随便一搭，我想她如果没有反应，就说明她同意了，妥协了，我也许就有机可乘了。但她会立马把我的手捉开，或推开，或甩开，或像被虫咬一样猛烈地抽回身，一点也不留情面。说起来她也是很辛苦的，等于是整夜整夜地提防着。那次以后，我就自觉地打地铺了。我不怪她，怪只能怪这个工作，但我又找不到其他好工作。她也不是嫌我脏，我平时工作都戴手套，下班前也会洗了又洗，其实并不脏，她是知道的。她只是心里别扭，觉得被我的手碰了会晦气，会不走运，潜意识里认定了这双手不是阳间的手，而是一双阴间的手，至少也是在阴间边缘游走的手，那是很可怕的。

我躺在地铺上，常常会胡思乱想，我想得最多的是什么呢？说出来不怕你笑话，是经常在电视上看到的那种情感节目。有时节目讲述残疾人夫妻的故事，他们或没有双脚，或没有双手，或脑瘫，或高位截瘫，他们怎样生活？靠什么生活？还能够生儿育女吗？他们能相互扶持，好好地生活下去，让人感叹人的伟大和奇妙。我还会想象，假如我老婆哪天摔了一下，造成轻微的骨裂，手臂打着石膏，吊在脖子上，可以做一些简单的家务，但做有些事肯定不方便。她的手丧失了一些功能，就不得不动用我的手，比如穿衣啊穿裤啊，就得靠我帮忙了。有这样的想法，我是不是很坏呢？

我儿子早就把这些看在眼里了。他应该也算是一个成年人了，要是在我们老家，他也许早就娶妻生子了。他的社交也很广，平时也会有打扮得像野蜂一样的姑娘来喊他，他又特别喜欢看片子，什么片子都能搞得到，我相信男女之事他都明白。有一天，他悄悄对我说，老爸，你应该去搞一个“人偶”。我没听说过什么人偶，但因为在这个语境中，又有所指，我大概能听懂他的意思，他指的是那种充气娃娃。我没有想那么多。我问他，你说的这个人偶有多大？和真人一般大的话，家里也放不下啊。他笑死了，一边捂着肚子一边抖着肩，还用指头戳着我，说，你算了吧，你还是抱着你的枕头睡觉吧。他没有把话说明白，也许他突然觉得，在这个家里，对于我和他母亲来说，这事本来就没什么好说的，不太可能的。我觉得也是这样，这个家，这种关系，也没什么太大的不好，也可以接受。只要我不声张，别人就不知道，大家都以为我们的生活是正常的。但若是买了这个人偶就不一样了，性质就变了，就把我和老婆的关系明朗化了，万一走漏了风声，那就说不清楚了，就难听了。好像我老婆这人很坏，不善解人意；好像我这人很贪，很作兴这个，没有这个就度日如年一样。其实没那么严重。

这事就当没说。但是有一天，我老婆突然对我说，你那个什么念头，给我打住啊，我想起来就恶心。我一下子没回过神，说，什么念头啊？老婆不屑地说，人偶。我心想，她怎么会这么说呢？是儿子做她工作了？不会。还是她凑巧听到的？有可能。我辩解说，没有啊，我连人偶是什么也搞不明白啊。老婆说，你还是懵懂一点好。

从那以后，老婆对我好像是好了那么一点。也不是说她原来对我不好，而是那些生活细节，她好像也在刻意地模糊。有一天还对我说，你要是嫌打地铺麻烦，就到床上睡吧。但我没有动，我觉得我已经习惯了，关键是，有些事已经是这样了，再恢复到从前的样子反而会觉得尴尬。

# 神秘的房子

馆里的房子都是不错的建筑，因为它的性质，就有一种特殊的颜色——深蓝色。深蓝色的琉璃瓦，深蓝色的马赛克柱子，边边角角还有些深蓝色的嵌花。这样设计也不知出于什么考虑，或根据什么习俗，死人就应该和这个颜色发生关系吗？不知道。

馆里的房子，外人一般是不敢在里面随意走动的。大家会在心里想，这么大的一个房子，这一间一间的，都用来做什么呢？主楼是一座宏伟的建筑，前面有相当规模的台阶，台阶上来是接待大厅，旁边还有一排洽谈室，大厅的后面就是告别厅，中间一个大的，两边三个小的。对面的那幢楼，就是火化间，边上是对应的休息室。还有一些服务部，卖各种日用杂货。也有展示室，摆了纸质的棺木和各种样式的骨灰盒。旁边还有一处裙楼，是专门摆灵堂用的，大大小小有十几间。最近，左边的空地上又在盖一处裙楼，这是馆长的思路，他希望在服务上有更多的内容，想开个小饭馆、小旅馆什么的，让那些外地的、乡下的、一时半会儿回不去的家属，可以在这里吃饭睡觉，毕竟这是个离市区相对偏远的地方。后面就是纪念园。每天进进出出，这些地方我都太熟悉了，主楼的底层、告别厅的下面，就是我们工作的地方，接收站、化妆室、冷藏室、恒温的停尸房、花圈的储藏室，都在这里。因此，我们置身在这里，已经没有任何感觉了。

但有一个地方，我至今都不熟悉，或者说只是糊里糊涂地去过一次，还是在一种特殊的情况下。馆里的人有时候也会悄悄地问我，那里面什么样？有什么不一样？我愣了愣，居然怎么也想不起来，没有一点印象，恍恍惚惚的，就像做梦一样。那也是一幢房子，就在馆里行政楼的边上，很长一段时间，大家都以为是隔壁什么单位的房子，正好镶嵌在我们馆里一个凹进去的地方，和我们并无关系。关键是它的风格和馆里的其他建筑大不一样，馆里的其他建筑有点仿古风，它却属于简约风，朴素得不能再朴素了。你要是站在安平山上往下看，馆里的那些房子，都是错落有致的琉璃瓦，像蓝色的波浪，一层一层地往前推。而那个房子，四四方方，就像是匍匐在那里的一个碉堡，非常突兀地镶嵌在边上。我们平时从边上经过，也没有看见有人出入。站在行政楼上往里看，看到的都是玻璃窗，是那种反射玻璃，泛着像镜子一样的银光，让人看不透。这让人想起那些悬疑电影里的审讯室，它的后面总会站着一个人，一双鹰眼直勾勾地盯着你，你在他面前一览无余，你却一点也不知道。

除此以外，馆里还有几处异样的房子，比如少数民族同胞的冷藏室。那个小小的冷藏室规格很高，气氛也不同于一般的冷藏室，用国家规定的少数民族文字写着祝福语。西州属于沿海地区，经济活跃，从各地来打拼谋生的人很多，少数民族同胞也不在少数，他们如果在西州去世了，在办丧事的问题上，肯定有不同的习俗和要求，那就要尊重他们，慎重地对待。

但那个房子不一样，墙头拉了铁丝网，屋角都是监控探头，大门上写着“闲人莫入”。后来我才知道，它是一个注射死刑执行室。馆里以前只有宝贵老师进去过，但他也是很有法律意识的，口风很紧，问他也不说。

那次是宝贵老师去外地交流了，正好有一个死刑任务，馆长就把任务派给我了。早一天，馆长接到指示，让我到里面打扫整理，毕竟平时都没有人进去，来了就是匆匆地执行任务，不知道现在里面怎么样。我没有走前面的大门，大门那里太触眼，哗啦哗啦地开门，动静太大。我走食堂后面的小门，这也是馆长告诉我的。食堂里散发着甜美的饭菜香和泔水发酵后的酸味，再往里走是一个仓库，仓库里放着一些食堂用的东西，就在这里，有一扇小门是通往这个房子的。我穿过一条不长的走廊，数着步子，迈了四十步，我估计自己走了近三十米。走廊的两边都有房间，有些开着门，有些关着门，开着门的房间会有一点风，关着门的房间感觉透出了一点灰尘味。我开始打扫，主要是扫地、擦桌子、擦椅子，并把那个要用的房间整理好。那个房间很大，打开灯就觉得很亮，其实里面就是一张床，有一些固定的装置。

第二天，我被两个警察领着，提前到了这个房子里。他们把我安置在一个房间里，让我坐等，外面的情况我就不知道了。在等待的时间里，我努力地想象着外面的动静，根据占地面积，我觉得这里面还应该有个天井，阳光从南面斜照过来，天井的地面上明晃晃的，有铁丝网的黑影映在地上，有木刻一样的效果。这时候，我听见了咣当咣当的声音，我知道是大门开了，有车子沙沙地开进来。我修过车，根据移位的声音，我猜除了小车之外还应该有一辆大车，是的，是一辆中巴大小的车子。然后我就听到一阵杂乱的脚步声，根据鞋子触地的声音，我感觉人还不少。接着，这些声音就快速地响过走廊，到了对面那个大房间里。

死刑犯现在已经很少了，枪毙的就更少，但罪大恶极、不杀不足以平民愤的罪犯，还是会依法判处死刑。这个死刑犯就是这样，以拼租的名义，上门与一个女子洽谈，不仅没租房子，还奸杀了她，完了还分尸，尸块丢了好几个地方，公安的同志找了好几个月。现在，这个死刑犯一定躺在那张床上，只等正式的步骤开始。

执行过程是非常规范的，一步一步，有报告有下令，有执行有回复，我坐在隔壁都听得清清楚楚。

我是在死刑结束后才进去的，主要是收拾，做一些清理仪表的工作。听说，有些死刑犯会控制不住，会出很多意外，比如吐很多东西，咬出一些血，或拉屎拉尿，所谓垂死挣扎就是这样。这些事直至最后的收尸装袋，以及在法警的监督下进行火化，都由我们来做。

这件事也让我明白了一个道理，对于死亡，对于身后事，人们都是重视的，都是严肃对待的，不管是好人还是坏人，死亡都表示一个生命的结束。至于那个房子，很奇怪，我几乎没什么印象，说不上里面是什么样子。有时候，我努力回想那天的过程，就像是进了迷宫一样，想到一半就想不下去了。我唯一有印象的就是我打扫过的那个房间，特别晃眼的灯光以及房内简单的陈设。噢，对了，我完成任务后马上就被馆长叫去了，馆长严肃地跟我说，这件事就到此为止，不许扩散，这也是责任。

# 殡仪网

现在，什么事都跟网络有关了，生活里知道或不知道的事，都可以通过网络找得到。有一次开会，馆长叫我们都看看殡仪网，说看一看，对自己的工作就会有一个新的认识，看一看，就会知道自己工作的意义，就会改变对家属的态度，情感就不一样了。殡仪网是什么？里面有什么东西？它有什么用途？我们不以为然，在下面就鼻子哼哼。我们这些人大多是不懂电脑和网络的。我也特别性急，连开电脑都觉得麻烦，那个信号转啊转的，我就不耐烦了，就算了。我们用电脑干什么？我们知道那么多事情干什么？我们就是料理尸体的，简单，明了，没有那么多复杂的事情。

有一天，儿子没事，就搜来殡仪网给我看。他说，很方便的，打开百度，输入相关词语进行搜索，网页就跳出来了，而且很多。他还说，给你看看西州的殡仪网吧，就在你身边，你亲切一点。

殡仪网其实就是一个小社会，一个情感的寄托所，网站上的许多人都有名有姓，还真不是虚拟的。里面有我们馆的介绍，有展示馆里环境、设施的照片，有西州殡仪工作的历史回顾。进入“祭奠厅”，里面也有买卖，卖香烛的、卖油灯的、卖莲花的、卖挽联的，还有卖房子、汽车、船舶、飞机、家具、装饰品、衣服鞋帽的。这些东西的出现，让我感觉马上就不一样了，觉得“那边”也是一个世界，里面的人很多，也有世俗，也有贵贱，也有生活，也有人情冷暖，只不过我们不理解罢了。死去的人在“那边”好，居有定所，衣食无忧，活着的人就高兴，就放心，就有了安慰，心里也安宁了。

我点开一个叫“死佬”的窗口：

××××年×月×日

死佬，你倒好，一死了之，这么心宽，只顾自己独自爽。你知道我有多苦啊。你死了也就死了，除了我，没有人想着你。也许儿子女儿一时半会儿还会想着你，但他们很快就会忘掉你，年轻人总是要往前看的，他们还有更重要的事情要去做，他们不能沉溺在你的死上，这是对的，我不怪他们。只有我，没办法，碰到了事，还是要过来和你说一说。其实有什么用呢，说了也是白说，说了也就是出出气，擦擦泪，叹口气，日子还是要过的，该干什么还是要干什么。

你要死也就死了，偏偏死在监狱里。死在监狱里，我收尸都没法哭；死在监狱里，我回来都不好说；死在监狱里，我还不能当你已经死了，我得当你还活着。要当你死了，人家马上就会问怎么死的，又会问因为什么事关进去的。你知道吗，死佬，你死在监狱里，给家里给子女带来多大的麻烦啊。

我知道你本质不坏，你要是坏，我才不理你呢。你不该顾虑那么重，身体这么快就垮掉了，在监狱里病死了。

唉，我倒是没什么，大不了少出去，不见人，但儿女们都还刚刚立足，刚刚开始工作和生活，怎么办？你进监狱的时候流下了眼泪，我都看到了，我想你也是想到了这一点吧。唉，不说了不说了，说了你会担心，你会难过，你在那边也不得安生，你只顾安心在那边休息吧。儿女自有儿女的路，儿女自有儿女的福。

××××年×月×日

死佬，儿子有女朋友了，这是我们家的大事，先说给你听一下。我原来最担心的就是这个，怕你的事对他的工作有影响，对他的终身大事有影响。还好，他脑子还不错，做事各方面的细节也很重视，工作很出色，这样的人，领导自然会喜欢的。这对他的亲事也很有帮助。女朋友是他的同事，天天在一起，知根知底，也好，省得了解来了解去，省得为你的事解释来解释去。就是不知道对方的父母会怎么想，如果是开明的父母，应该会尊重子女的选择。是吧？但愿是这样，我们先往好里想，相信儿子会处理好的。

我们总要说些好听的吧，虽然这是个祭奠的平台，但也不能总是哭哭啼啼的，好话你听了也会欢喜的，这样你在那边也会舒心一点。马上要到冬至了，人家冬至都是吃汤圆的，吃了就又长一岁了。你在那边也无所谓长不长的，你也不喜欢吃什么汤圆，现在那些老字号的小吃，都是外地人在做，一点也不地道了，汤圆本来是糯糯的，现在却做得像石头一样。我还是给你倒点酒吧。我的八宝饭也做得不错，我们就吃八宝饭，也算是这一年走到头了。

××××年×月×日

死佬，儿子要订婚了，他真的是长大了，什么事都不用我操心，都是他自己办。那个女孩也挺配合的，两人能说到一起，各种东西能省则省，该买的就买。我有时候觉得，一个家庭出点事，反而对儿女的成长有好处，使得他们的心智会很快地成熟起来。你放心吧，他能够正视我们家庭的实际情况，不卑不亢，这让我挺欣慰的。我之前就怕他会自卑，甚至埋怨你我，这样就糟了，会给他心里罩上阴影了，要是陷在这样的阴影里，对他今后的生活可没有什么好处。而偏偏这些事又不好与他多谈，我之前着急的也是这个。现在，我也可以放心了。

传统的几样订婚礼物，他都准备得挺好的。现在流行送钻戒，我怕他会为难，你死后，我们家的确也是元气大伤，但他们没有买，那女孩也挺理解的，不在乎这个，说两个人有对戒做纪念就好了。昨天，儿子高高兴兴地去送喜糖了。噢，忘了告诉你，女孩家是乐县的，她自己在西州工作，不远，开车走高速一小时，现在在市区转个圈都要两小时，这点路程不算什么。喜糖也是他们自己挑的，不是传统意义上的喜糖，是一小瓶葡萄酒加一盒酒心巧克力，两样小包装合在一起，既美观又大方，也不掉价，掉价了也许会被人说闲话。我还是这样想，虽然家里出了事，但我们也不能草草了事，你说对吧。

是阿武和阿文陪他一起去的，就是舅舅家的儿子。这两个孩子今年也考上大学了。你以前说他们是“鼻涕佛”，长不大，现在两个人都一米八几了，石将军一样。哎呀，高兴的事说不完，先说到这里吧。

××××年×月×日

今天儿子结婚了，在拉菲酒店摆的酒。你知道的，除了那四个字的“香格里拉”，三个字的“喜来登”，两个字的酒店里，“拉菲”就算是最好的了，气派，又近，一说大家都知道。这是儿子的决定，儿子说了，价格可能会贵一点，但必须这么做，老爸不在了，结婚又是大事，就更不能让人讲闲话，否则别人会说，你看，这个家的顶梁柱倒了，就什么事都简陋了。我觉得儿子的想法是对的。酒席摆了四十桌，女方二十五桌，我们家十五桌，除了你的一些朋友，该请的人我都请到了，没有人落了，名单我都看了又看，想了又想，你放心。你的朋友我就没有办法了，在这里，我给你赔个不是：对不起，死佬，把你给冷落了。当然，我也怕你的朋友来了会尴尬。要不是你死了，这么大的事，你一定会很高兴很得意地坐在爸妈边上，或与我一起忙着招呼客人，那是一定的。

你的小学同学我是一定要请的，但也只请了一桌，就是和你一直有来往的那几个。过去的同学，等于都是一条巷子里的玩伴，是穿开裆裤时就一起玩的发小。还好请了他们，你不是有个同学是大学教授吗，这还是女儿的主意，说你的这些老同学一定要请。

婚礼的仪程也都是儿子、媳妇的同事搞的，反正他们都在一个单位，他们自己弄，没意见。虽然没有平常的那些套路，但还是挺灵活机动的，尤其是父母上台致谢的那个环节，两个孩子就代表了，免得他们上，我们上不了，难看。我想亲家也是这么想的，他们虽然心里不舒服，但也免除了一些不必要的麻烦，因为有那么多的亲朋好友在，站上台之后缺一个人，台下亲友肯定会问来问去的，那不是添乱吗？这样挺好，简单，清爽。我不在乎，不上台就不上台，只要儿子的大事完成了，我怎么都愿意。

啊，不说了不说了，现在已经是深夜了，女儿他们回家了，儿子媳妇也休息了，我一个人睡不着，就起来和你说说话，不知你现在睡了没有。最后再说一句，大事情完成了，你就放心吧，吃饱穿暖，懒一点不要紧。

……

哎呀，还真是蛮好看的，还有故事。我原以为就是三言两语，空洞的悼念，没想到像连续剧一样。我忍不住又点开了一个叫“彩云”的窗口：

××××年×月×日

彩云，今天是你的生日。上个月的今天，我们就约好的，到了你生日的这一天，我们要出来吃个饭。可是没想到，这个月的今天，你已经没了。我们有很多一起吃饭的特定的日子，第一次见面的日子、一起从老家出走的日子、第一次确定关系的日子、第一次生活在一起的日子，以及你我的生日。这里面，你最看重我们确定关系的日子，每一次你都会说，今天是几周年啊，我们有没有更进一步啊。你惊讶于我们的关系这样一年一年地走过来，惊讶于我们在一起后还那么好。听人说，很多人刚相识相恋的时候都是很好的，一旦确定了关系，住到了一起，生活中碰到了这样那样的问题，马上就不好了。反正在我们身上，我不相信会那样。我们有什么理由不好呢？我们这么辛苦地走过来，我们应该会一直好下去的。还记得我们在一起的那一天吗？我给你买了文胸、内裤，红色的，那一年正好是你的本命年。听人说，两人到了互相买这些的地步，就可以在一起了。还听人说，本命年只有为爱的人买这些，才有保佑的作用。我也不知道买什么牌子好，都是店里的人推荐的。她们问我，罩杯有多大？我都不知道，我怎么知道这个呢，被她们笑死了，我付了钱拿了东西赶紧就逃了回来。还记得你穿了文胸后一直咯咯地笑吗？我问你笑什么，你说太硬了，和你以前穿的不一样，胸前被摩擦得痒痒的。唉，这些想起来是多么美好啊。可是现在，你人都没有了。

我今天还特地为你买了一个小蛋糕，不是我舍不得买大的，实在是因为你一个人吃不了那么多。也因为没地方摆，你放骨灰盒的地方就那么一点点，要是占了别人的位置，我怕会搞错了，这是给你过生日，不是给别人过生日。不知你能不能看到，很漂亮的一个蛋糕。我还拍了张蛋糕的照片，按照你原来的手机号发给你，你也许还会收得到，祝你在那边生日快乐。不知你那边有没有人过生日，在那边哪一天才算生日呢？是你原来的生日，还是你走了的日子？我们不管，就照我们原来约定的，每年的这一天给你过生日。

××××年×月×日

彩云，今天是我们从老家跑出来的日子。说起来真是后悔啊，后悔不已，都是我不好，我不该在你面前说西州好啊，西州怎么样啊，不该在你面前说，这地方就是传说中的

"钱多、人傻、快来"的那个地方，我要是不这么诱导你，你也不会跟着我跑出来。你在老家跟爸妈种种甘蔗，种种苞谷，多安心啊。你要是没有跑出来，也不会在西州出这样的意外，呜呜。我怎么就没有想到这些呢，西州的车这么多，西州的司机开车这么猛，一下子就把你给撞没了。真是对不起，也对不起你爸妈，他们恨我、骂我、不理我都是应该的。

你爸妈至今还不肯原谅我，他们现在不让你回家，也是不原谅你。在爸妈的眼里，我们是多么叛逆啊，居然连原来订下的亲都不要了，居然就这样不管不顾地跑了出来，把大家都晾在了那里。在旧社会，我们这就是逃婚，是大逆不道的。现在想来，这让爸妈、亲戚、你的对象以及所有相关的人多么难堪啊。他们一定恨死我们了，所以才不让我们回去。回去了，他们怎么办，他们怎么交代，岂不是更让人笑话。但我最最后悔的还是把你给弄没了，一辈子的后悔，没法补救的后悔。

一起出来的日子总是快乐的，多好啊，比我们在老家时好多了。在老家时，见个面、送个东西都要偷偷摸摸的，躲在老地方，黑暗里，有时候学狗叫，有时候学猪叫。老家的人说我学狗叫最像，我一叫，村里所有的狗都叫了起来，都很兴奋。后来在西州学到一句俚语——"狗旺阵"，说的就是这个意思。那时候很得意，现在想起来真是心酸。在这里，什么都好，想见就见，想吃就吃，想睡就睡，没有人监视我们，没有什么能限制我们。可是现在，人去屋空，悄没声息，什么好都没有了。在这个重要的日子里，我也只能小心翼翼地问，你在那边还好吗？而我想告诉你的是，我在这里并不好，什么都不好，一切都不好。

××××年×月×日

彩云，今天是你走了一周年的日子。周年，在我们老家是很有讲究的，孩子周岁要摆酒，盖房周年要种树，家畜养了周年要给它洗洗澡，从火上过一过，喻为“脱胎换骨”。人没了也有很多的说法：头七断尘念，二七启新程，三七安好家，四七受纳日，五七才在那边立足，算个新人；之前还都是鬼，顶多是个游荡的魂。去世一周年，西州这边也有很多说法，说可以投胎转世了。但愿你来世找个好人家，不那么辛苦，也不要那么背运。

我给你烧点纸钱吧。我知道，那边路暗，路上也需要盘缠，希望你收下，一路顺利。我多给你烧点，给你打点用，那边肯定也有坏人，也会有打家劫舍的，也会有难缠的小鬼，不要舍不得，该用的还是要用的，破财才能消灾。

你爸妈一早就来电话了，他们骂了我几句，我该骂，他们就是骂我一千句一万句，也不为过。谁叫我把你弄没了呢，他们一定是想你了，才会来骂我的。要是这样，我宁愿让他们多骂几次，让他们多想你。周年，总是一个特殊的日子，就算是投胎转世，他们也想知道你投了个什么人家，他们没地方问，只能问我。如果你在天之灵有感应，就告诉我，我再来转达他们，好让他们放心。另外，我也请你方便时告诉他们，不要恨我，我已经后悔了，我愿意弥补，做他们的儿子，有朝一日回家，我去给他们磕头，替你尽孝。记得我们在一起时，你也时常打电话给他们，你没有避讳，你告诉他们和我在一起，我那时候很想随着你，也叫他们一声爸妈，让他们也高兴一下。现在我就是想叫，也没有机会了，他们骂我，我都觉得是待见我，是在认可我和你的关系，是想通过我和你的关系，再联系上你，呜呜。

××××年×月×日

彩云，今天我把手机弄丢了。没有你的日子，我心里总是恍恍惚惚的，常常丢三落四，上次把包给丢了，再上次把车停在哪里也想不起来了，真是的。想起和你在一起的日子，我思维敏捷，身手灵活，现在可好，像一个老人家，迟钝得很，动也不想动。

没有手机，我就在单位里上网，到你的QQ空间里看一看。你的空间里现在什么都没有了，原来还有一些你和大家互动的资讯，现在都被大家删光了，也许是他们觉得留着不吉利，也许是这些东西勾起了他们的不快，没办法。但我总觉得，人是不能说忘就忘，不能说放下就放下的，人总有喜怒哀乐、七情六欲。当然，我们不能强求别人，随他们去吧。现在，你的空间里就剩下你的一张生活照，你真的像一个孤儿，没有今生，也没有来世，没有了烟火，也没有了社会关系，好可怜啊。

今天还是所谓的“鬼日”，也就是“七月半”，人们都说这一天晚上是不出门的，出了门很容易碰上鬼，虽然没有什么根据，但我倒希望它是真的。假如是真的，你也一定会在路上走，你看见我了吗？看见了你就停一下。都说鬼是不走弯路，直来直去的，所以，盖房子的人都知道，不能盖在马路口，不能冲着路，怕挡了鬼的路，怕鬼冲着他们来。我今天都在走直道，希望能在这个日子里碰到你。碰到了你就敲敲我的车，或干脆挡了我的路，我就顺便载你一程，我们也好说说话。没碰到也没关系，我在这里多买了几盏荷灯，给你照路，路上小心。

××××年×月×日

马上要过年了，都说每逢佳节倍思亲。自从我们从老家跑出来，我知道，我们两家就杠上了，听说你爸妈还到我家来扒过屋角，砸过灶台，在我们老家，有深仇大恨才会这么做，所以，我一直都不敢回家。你走了之后，我就更不能回去了。我不知道现在的你家和我家是什么样子，虽然我父母打电话一直让我放心，说家里没事，我想，家里肯定是一塌糊涂的，这还用说吗？所以，这个思亲，严格意义上说就是思你。我今天来山上这个排屋里看看你，你不能回家，我又没资格将你安葬，就只能把你寄存在这里。待哪天你爸妈要你回去了，我再接你回家。不过你放心，你只管安心地待在这里，这里是你暂时的家，每年的这个时候，我都会过来替你续费，住在这里已经是很苦很苦了，我不忍心，也不会让别人以任何理由来赶走你。

说起家，顺便也告诉你，我们原来租住的那半个房子，被房东收回去了。那附近刚建成一个小学，马上就要热闹了，那房子成了学区房，房东把房租一涨再涨，每年要涨两次，所以，我一个人，也只得搬走了。不过你放心，我在那条路的拐弯处做了记号，在那个房子的墙角上也做了记号，记号就是我们的生肖，一只猴，一只羊，画得不一定像，但一看也能够认出来，猴的耳朵是圆的，羊有一对弯角，你要是想回我们的家看看，一定能找得到的。

另外，我还要特别告诉你，多出来走走，不要老闷在屋里。你性格内向，要多和隔壁的邻居交流交流，不要在乎年龄上的差距，在那边，这些都是无所谓的，各种年龄的人，交流多了就会熟悉的。你能和那边的人和睦相处，有个照应，我就更放心了。

××××年×月×日

彩云，还记得那个素菜馆吗？就是在立交桥下的那一家。你说自己爱吃素，我们隔一段时间就会去吃一次。那个老板娘是个真正的居士，你说她面善，她其实就是喜欢做这样的事，让喜欢吃素的朋友经常过来坐一坐，其实也不赚什么钱，就是图个心静。还记得吗，我们每一次去，她都会送我们一个菜，是你以前没吃过、后来很爱吃的脆藕。今天我经过那里，想起你，就忍不住进去坐一坐。老板娘一下子就认出了我，说今天怎么一个人啊，说你女朋友怎么没来啊，说得我真难受，突然就伤感了起来，也不知怎么回答她。我不想说你已经走了，不想把这些难过的消息再带给其他人，她是一个好人。

在素菜馆，我忍不住给你爸妈打了一个电话，我本来想跟他们商量一下你的事，无奈，他们已完全不认我了，听到我的声音就烦起来，不等我把话说完，就把电话撂了。我很难过，真的，他们不愿意接你回家，就忍心让你待在外面，不想有你的一丁点消息，他们的心真大啊。我想，他们一定是太恨我了，但恨归恨，女儿总是他们自己的嘛。也许是因为你们家女儿太多了吧。

我本来要说的是海葬，我打听到消息，西州近期要准备一次海葬，是公益的，不用花钱，目的就是宣传。他们组织仪式，备了船，备了鲜花，船上还要进行装饰，就像那些婚车一样，计划从西江口出发，慢慢地驶入公海，然后由家属把亲人的骨灰慢慢地撒向大海，并鸣汽笛三声，向逝者致意。介绍里就是这么写的。我本来想说服你爸妈同意，既然他们不让你回家，那就把你海葬吧，撒到海里也干净。现在让你待在山上叫人心生不安。海葬也挺好的，大家一起，有个伴，有个热闹的仪式，又是政府办的，挺体面的。但你爸妈不理我，而我，和你又没有法律上的关系，无法申请，也不能替你做主，怎么办？只好让你再在山上待一段时间，再看看你爸妈的态度，等到明年春暖花开的时候再看看。

……

我又进了一个叫“老婆大人”的窗口。这个人的帖子也写得很长，从他老婆死了开始写，一直写了好几年，写他们创业的工厂，也写儿子，也写他新的妻子。我挑了要紧的看：

××××年×月×日

老婆大人，对不起，我要和你坦白个事。你都走了快三年了，我到现在才和你说这个事，原谅我，不是我有什么隐瞒，或做什么小动作，我是怕你难受，怕别人说我闲话。现在三年过去了，三年来我忠心可鉴，我对你的情、对我们的儿子、对你的家里人，我想大家都看在眼里，大家也会理解我的。所以，我要对你说，我准备和小翠在一起了。

小翠，你是知道的，就是我们那个工厂的管理人员，那个安徽女孩。其实也不是女孩了，她都三十七八岁了。那时候你在单位忙，我也在单位忙，我们那个家庭工厂幸亏有了她，才不至于那么混乱，才能够正常地运行。她人蛮诚实的，这个你比我更清楚，因为工厂里你管得更多，你一直说她做事踏实，尤其是手脚很干净，这是你最为看重的。你生病的时候，她也经常来看你，照顾你，你也说她比你家的姐妹还要亲，端屎端尿她都会去做，这一点最让你感动。但是我保证，那时候我们还没有什么。她是一个有主见的女孩，她的想法很简单，她只想好好做事，赚点钱早点回家。她鄙夷什么小三啊、情妇啊，虽然有些事来钱容易，但她不想赚那个肮脏钱，不想赚那个掉价的钱，不想赚那个没有尊严的钱。以前，她和你说过这些，你也知道的。这也是我喜欢她的原因之一。我想你会同意我和她在一起的，你要是不同意，我也会等的。

××××年×月×日

老婆大人，今天，我们的儿子从技校毕业了。上午我去开了家长会，老师说得很好听，说他们学校的毕业生，都是百分之百能就业，我觉得那都是在安慰我们，我们也没有办法去调查，由他们去说吧。读技校的小孩，本来成绩就很勉强，都是无奈中的选择，这几年读书，你说他们会上进到哪里去？天知道。他要是能上进，会上进，中考的时候为什么不上进，还要等到现在？说来说去，就不是个读书的料，也没办法。读书这东西是有天赋的，有些小孩，家里一塌糊涂，父母目不识丁，都不用督促，他自己就能读好书。

现在，我对儿子找工作也没有信心。他现在的状况，不是找不到工作，而是找不到自己满意的工作，如果在社会上晃来晃去，很快会晃油掉的，到时候做什么都没有兴趣了。我想跟你商量，跟儿子也谈谈，让他跟我学个手艺。我过几年也要退休了，如果他能接班，我们好好经营自己的工厂，还是可以的，温饱没问题，小康也没有问题，关键是儿子不会在外面瞎跑，不会荒废掉。现在的孩子，最容易在挫折中丧失自我，一旦自我丧失了，那就是随波逐流的水葫芦了，那真的把他给害了。

虽然现在整个行业都在下滑，但我们工厂的效益还不错，靠我们以前的人脉，大家还认可我们。小翠也很卖力，业务这一块现在都由她去跑。她这一年都没有回家，把工厂当作了自己的家，这我是看得见的。曾经有个厂想给她提成，叫她把产品价格压一压，她就停止了和那个厂的业务往来；还有个厂想挖她，给她高薪，她也没有去。她说，我不能保证你会怎么样待我，但我十分清楚我们老板对我怎么样。这让我很感动，也很说明问题。我有意和小翠好。她来我们这里也很久了，是不是也不想回去了，是不是也想留下来和我们一起，不知她是不是也有这个想法。我还想听听你的意见，如果你同意了，我就和她说开了，让她留下来，毕竟我的情况也是明摆着的，就是不知道她会不会嫌弃我。还有儿子的问题，她要是答应了，今后要承担的东西就太多了，她的家庭压力、我们这里的责任、社会对她的看法，她都要考虑。你要支持我，老婆大人，这也是我们家的大事。

××××年×月×日

老婆大人，我也没经你同意就跟小翠说了，你不要生我的气啊。我想，这条路终究是要走的，难道你真的忍心看着我一个人孤独下去，然后生活也一点点萧条下去？小翠同意了，她虽然没有明确答应，但我知道她同意了。她干活更加卖力了，最近一段时间也在积极地和我们儿子接触，也帮他打扫房间。你知道的，他的那些鞋啊袜啊，要多臭就有多臭，那些裤头换下来，她也都拿去洗，你说她是不是有这个意思，在努力地融入我们这个家庭？工厂没有问题，一直也是她管得多，她早已得心应手。我也没有问题，哪个男人离得了女人，何况是一个我们熟悉的、各方面还可以的女人。关键是儿子，儿子要是不接纳她，事情就难办了，她在这里也会不舒服。我也是一把年纪了，我不想余下的日子里老是去解决这些难题。

还有，她没有直接答应我，是不是也在考虑你的感受？毕竟是你带她来工厂的。她那时候在你的朋友家当保姆，大家都说她好，老实、肯干，你就把她挖过来了。你对她又一直很好，你们虽然没有到情同姐妹的程度，但从来也没有芥蒂，没有隔阂，一直很融洽。现在她要取代你的位置了，她肯定会有很多顾虑。她肯定也会怕你难受，怕搅得你在那边不安生，怕你觉得她不好，这也许是她最担心的。老婆大人，如果这事能成，我向你保证，我会一如既往地对你好，我也会带着她对你更好。你要有自信，同时你也要相信你老公，更重要的是你要支持我们。

××××年×月×日

老婆大人，现在事情认真起来了，小翠答应了，也提要求了。什么要求？不是要什么排场、要多少彩礼、要买房买车、要回老家摆酒，都不是，这些她都无所谓，她真的是一个很实在的女人。她哭着对我说，她嫁给我是她心甘情愿的，她觉得你好我也好，她也会对我们儿子好的，但她想要一个自己的孩子。老婆大人，你看在我们都很好的分上，看在小翠善良懂事的分上，答应她吧，你答应了，我才能答应。我们也设身处地地为她想一想，她在我们这里都八年了，对我们工厂的贡献，对我们家的贡献，没有功劳也有苦劳啊，她年纪也不小了，她只想要一个自己的孩子，想和这个家和我们有一些联系，这也是合情合理的，是一个女人正常的要求，说明她今后就扎根在这里了，你说是不是这样？

你一定会问，她有了自己的孩子，还会不会对我们的儿子好？你一定还会问，儿子是什么态度？有没有意见？这两件事你都可以放心，他们两个好着呢，他们早已结成了同盟。她答应的事，她要一个小孩的要求，都是儿子陪她一起跟我谈的。我本来想再具体地跟儿子谈一谈，但儿子说不用谈了，她谈我谈都一样，我对人家好就是了。他还一再劝我，赶紧排阵，说人家小翠比我强多了，我还有什么好犹豫的，我占的便宜太大了，再忸忸怩怩就是故作姿态了，到时候夜长梦多，后悔都来不及了。

××××年×月×日

老婆大人，现在，我和小翠住在一起了，你应该替我们高兴，祝福我们，至少我接下来的日子就安定了，对我们的儿子也有好处，可以有个照应。你就安心吧。你好好待在那里，我会经常过去看看你，你不会寂寞的。我们的新房就是你我的老房子，小翠不计较，没嫌弃，说房子可以住就行，说等以后将儿子的大事办了，我们有条件了，再考虑换房子也不迟。我想告诉你的是，你要乖，乖乖地待在那里，不要经常跑来跑去。我有时候夜里醒来，会看见你在桌子前写字，我们工厂的账目、你单位的材料，你都是夜里起来搞的，有时候还走来走去，在整理房间，在梳妆台前照镜子，我知道那是你来了，你还留恋着这个家。但现在不一样了，家里有新人了，你再这样跑来跑去，会把小翠吓到的。她是个好人，她和你没有仇恨，她也喜欢我们的儿子，你就把她当作自己的妹妹，多关照关照她，拜托，乖一点噢。你就安心地在那边休息吧。

……

啊，这个殡仪网，它里面记录的事情还真多，不光是祭奠，不光是怀念，不光是还愿，还有故事。我原来以为，我们给逝者化妆的任务就是料理尸体，意义就是让客户满意，就是顺利平安地送走他们。看了这些，我觉得我们的工作是有延续性的，意义是无限的。我们的工作做好了，就等于重塑了那边的生命，我们就像是一个联络人，把那边和这边都联系上了。看着这些，我才知道活人和死人还可以缠绵，可以讨论大事，可以在精神上互相需要互相安慰，甚至还可以一起解决问题。那边的世界，我们虽然不了解，但肯定也是另有一番景象的。人死后，也许有新的任务，只是暂时离别地球，等任务完成了，什么时候回来还说不定呢。所以，现在做好这最后的仪式，不是无所谓的，而是有所谓的。

# 清　明

今年的清明，我特地去纪念园上面的排屋看了看。我以前没来过这个地方，只知道前面是纪念园，不知道山上还有排屋。自从上次帮老五的妻子联系购买墓地，有一段时间，我常常会想起那片排屋，那里就像一面镜子，照着世间，照着家庭，也照着人。我要看看摆在那里的骨灰盒有没有变少。如果少了，就说明有进步了，世间少了一些矛盾，相关家庭多了一份和谐，我为死者感到高兴。如果还是老样子，说明事情还是停滞不前，死者家人还有抵触，他们做人还没有做明白，做完全。另外也说明，这世间还有些难堪的人，难堪的事，难堪的家庭。

我也特地去西边看了看。上次苗绣带我们上山，只是经过这里，只是不经意地提了一下，什么树葬啊花葬啊。尽管辟出了一块较大的地方，但这里还是比较冷清的，很少有人问津。看来人们还是喜欢那种传统的墓地，那种小屋的形式，观念的改变真的比登天还难。旁边有一处博爱碑亭也是刚刚才发现的，这个碑亭很特别，它不像一般的碑亭，没有飞檐翘壁，没有琉璃瓦盖，没有花哨的对联，它就像一个葡萄架，架上爬满了常春藤、爬山虎、铺地锦等，看得出也是精心布置的，可以想象它一年四季都郁郁葱葱的样子。里面的碑石是一块素白玉，上面刻着《博爱碑记》：

> 身体发肤，受之父母，不敢毁伤。是为千年古训，国人墨守谨遵。然自2008年我市首例角膜捐献以来，遗体、器官的捐献，时或有之，迄今已近三百例。这些捐献者，识破樊篱，不可不为勇；悟彻生死，不可不为智；无偿捐躯，不可不为义；慈怀他人，不可不为仁。其勇智义仁兼具之风，令人思之动容，时刻感怀。时值盛世，文明兴旺，唯愿此举，绵绵延续，激励来者，蔚然成风。今立碑镌记，既予旌表，复昭后世，以示铭感……

旁边是一排排人名，我粗粗地数了数，算了算，有两百多个。

在印象里，我也料理过一个捐献器官的遗体。一般这样的死者都是没有告别仪式的，亲友们顶多是在医院里简单地鞠个躬，死者们连自己的遗体都捐献掉了，把自己的器官都捐献掉了，还在乎什么仪式？但那个死者的遗体好像是因为要等外地的一个亲人回来，所以才在馆里放了一段时间。我当时没有什么感觉，现在想来，这些人真是勇敢和伟大。我记得那是一个因病去世的人，他的其他器官无法捐献给别人，但还是把角膜捐献了，让四个人重见了光明。给他的遗体化妆时，我也特别小心，不知怎么的，我竟然事先给他准备了一副眼镜，戴上后像个知识分子。家属开始不理解，说他以前是不戴眼镜的，戴了之后感觉不像他了。我跟家属说，他把眼睛都给了别人，他自己不是看不见了吗，那边的路还是很长的，不能让他在那边摸索，戴上眼镜看得清楚一点。家属突然明白了，说对，说这个眼镜有寓意，我们还没想到这一点。他们还蛮感激我的。

今年清明，我特别惦记那对中年夫妇，就是我男扮女装为他们女儿化妆的那对。他们现在不知道怎么样了？他们的人生等于被女儿的死亡拦腰斩断了。他们当时的要求给了我深刻的印象，不同意男人沾手，只允许女化妆师来料理自己女儿的遗体。而我，实际上是个冒牌货，我欺骗了他们，亵渎了他们的信任和情感。我给不计其数的尸体化过妆，从来都没有这么不安过，甚至有了深深的罪恶感。试想，他们要是知道了，那会多么失望和伤心啊！

我决定去向他们谢罪，尽管我们出去跟人家接触是很不合时宜的。我找宝贵老师要他们的住址，接待他们的时候应该会有记录。毕竟这件事过去还不到一年，年轻的死者又相对较少，又是自杀，大家应该都有印象。果然，一找就找到了。

那对夫妇住在城东的英汇家园。这个小区我知道，有一次，我还去那里接收过尸体，住的都是些人才，各种各样的人才。不知他们家的哪一位是人才？是那位老师还是老师母？是艺术家，还是自然科学或社会科学领域的精英？按理，他们就一个女儿，家境又这么好，应该是很幸福美满的。反过来说，也正是因为他们的修养，才有了那次非常顺利的谈判和那次非同寻常的化妆。

我带着鲜花找到了他们家，是老师母给我开的门。都说有文化的人对生死会看得开一些，看得淡一些，一旦想明白了，很快就放下了，不会一直沉溺在悲痛中，甚至伤了自己。老师母的样子的确说明了这一点，她穿得清清爽爽，家里也收拾得干干净净，是一派健康、有序的生活气象。她有些诧异地看着我，问我找谁，是哪里的。我说，是殡仪馆的，来看看您。她惊讶地说，都过去一年了，你们还要回访？我说，不不，我……我……

我有点支支吾吾。还没等我再说下去，她眼睛突然一亮，似乎想起了什么，她稍稍地退了一步，认真地打量我，盯着我的脸看。她看看我的个头，看看我的发型，她的目光快速地掠过我的眼睛。她说，你看着我，眼睛不要回避。很快，她的目光又掠过我的嘴巴和鼻子，停留在我的耳朵上。她说，你是那个化妆师，是你给我女儿化的妆。我点点头，我说，我是来向你道歉的……她举了一下手，马上制止了我。

她让我进屋。我不敢进，就站在门口。她坚决地拽我进去，但我还是不敢落座。我们就这样站着说话。我慢慢知道了，老师母就是他们家的拔尖人才，她是一位人像鉴定专家，能在瞬间辨别出人的五官差异。她过去在内蒙古的二连浩特工作，一直是一名边防警察，具体就是在边境关口做过往人员的检查工作，有在护照照片上作弊的，或有前科又经过整容的、想逃避检查出入国境的，都逃不过她的眼睛。后来西州开辟了外贸口岸，她就调回到原籍，也在关卡里检查过往人员，据说，头一年就查出了百来本有问题的通行证。她说，你的打扮我一眼就看出来了，尽管你的样子可以，又假装了女声。又说，你知道我看人看哪里吗？我羞愧地摇摇头。她说，耳朵，人就是想做假，想整容，也往往会忽略了耳朵，男女的耳朵是不一样的，一般来讲，男人的耳朵硬，轮廓鲜明，而女人的耳朵柔软，较小，边缘不硬朗，这个你们看不出来，但我是研究这个的。我不自觉地摸了摸自己的耳朵。她又说，你那天还戴着橡胶手套，要是没戴，不管你的手有多么小，你的手指有多么细，我一看指甲就知道了，男人的指甲是偏方的，而女人的不是。我无地自容，赶紧说，我们也是没办法，我们不该那样蒙骗你。老师母善解人意地说，无所谓蒙骗，我知道你们也努力了，确实是有具体的难处，而我们，在那个节骨眼上，也是面子在作怪，自己给自己找了个台阶下吧，其实也是不应该这样的。

有文化的人总是好说话的，气氛也在客气中逐渐地自然了起来。我又问起了那个老师，他好吗？老师母说，我们都好，今天天气好，他去江北看女儿了，在仙桃陵园，我最近腿痛就不去了。仙桃陵园和西州只有一江之隔，乘西江渡轮十分钟，上岸走几步就到，是很多西州人去世后“安家落户”的首选。老师母也好奇地问我，你是外地人，怎么会在西州做这个的？做几年了？

我告诉她，原来在西州打工，学修车的，后来被馆里的老师“蛊惑”着，就做了这个，一做就放不下了，做了将近二十年了。老师母说，困难和压力一定很大吧？我说，是的，这些不太好说。老师母说，不过，还是蛮难得的，不容易。

这次拜访也让我见识到了一些东西，比如人心，人的善意，就算是细微的一点点，也是特别让人感慨的。我也学到了一些知识，比如耳朵，以后需要给尸体做假耳朵时，就知道男女有别了。这个连宝贵老师都不知道，我以后透露一点点给他。我们以前也有过做假耳朵的经历，都是凭感觉做的，做得大小接近、肤色接近就很满足了，哪知道这里面还是很有学问的。

# 对　局

又要上门接收尸体了。我们班组是个配合默契的小集体，我们三个人一组，每天有一个人负责化妆，其余两个人负责接收尸体，以此类推，交叉轮换。我们三个人都会开车，又都会化妆，碰到任务忙，就三个人一起上，大家都是兄弟辈，都很通融。上门接收尸体这种事，乡下还有，城里是越来越少了。现在的人大多都学聪明了，把自己家里搞得清清爽爽，把麻烦和龌龊留给医院。但总会有一些人是在家里去世的，这些家庭也有他们的难言之隐，没办法。但我们最怕的也是上门接收这种尸体，为什么？地址难找啊，麻烦啊。

我们去的是一个三十年之久的老小区，在老城区的巷子里，单单在这些巷子里开车就很难。我们事先通知了家属，说最好有个人站在显眼的地方，帮我们引一下路。家属答应得很好，但根本没把它当回事。我们在那个小区里转啊转的，那些楼房编号根本就没有规律，巷子又窄，车子进去后，不能倒退只能前进，我们都绕了好几圈了，还是没有找到。打电话问，说就在边上了，马上就到了，但就是没有人下来。后来，终于听到楼上有人在喊："脚儿来了，脚儿来了！"把我们气得，恨不得马上把车子开回馆里去。

"脚儿"是什么意思？是西州地方上对接收尸体、料理尸体的这些人的民间俗称，但它有极强的侮辱性，隐藏在背后的含义是：这些人的父母上辈子做了猪狗不如的事情，现在报应到他们头上了，所以，他们或者他们的后代只能沦为这样的人，是贱中之最贱，就是为了赎免前辈的罪孽。

我们确实是做特殊工作的，但也不能这样说我们呀。气归气，恼归恼，我们又不能真的把尸体撂下，只好忍着。下了车，抬出担架，仰头一看，是七楼的位置，还没有电梯，我们的气立刻就泄了一半，脚也哆嗦了。但这也是没有办法的事，总不能让尸体自己下来吧。我们就自己给自己打气，再默想一下"预防操"，红裤穿了，暗语也念了，左手的大拇指也扣在手心了，也准备好先跨左脚了，然后呼哧呼哧地爬上七楼。进门就闻到一股怪味，家属也许是在里面待久了，嗅觉麻木了，但我们对这类气味是敏感的，知道是尸体没有处理好的缘故，也知道是搁了三天左右的尸体才会有这种气味。老人是自然死亡的，但去世前已经是植物人的状态很久了，因为时间久，家里就没有办法整理，一派无生活秩序、无生活质量可言的脏乱差景象。我们在感慨家属有耐心的同时，也感慨这种孝道的无奈。

我问："去世几天了？"

家属说："四天了。"

"为什么不早点通知我们过来？"

"想等我弟弟回来再见一面，他在国外。"

"先放我们那里，也不妨碍他们见面嘛。"

"冷藏了，人就变样了，我怕我弟弟认不出来了。"

"谁说的，你这样一拖，倒是很难化妆了。"

我的意思是说，尸体已开始腐烂，皮肤的弹性就差了，一般还会出现尸斑，严重的话，肌肉还会塌陷，化起妆来的效果就不理想了。家属说，那就看你的本事了。

对话间，我也记住了这个家属，一副"小官吏"的模样，一种莫名其妙的优越感。

老式小区的房间都比较逼仄，通风又不好，这会儿再摆上了灵堂，点了香火，人来人往的，蒙着被子的尸体的内部不知已腐烂到了什么程度。我真想告诉家属，你们以为这样是尊重死者，这样是显示隆重的礼节，其实是对死者的不敬和冒犯，古人都知道让尸体示众是最大的侮辱，应该让它处在安静的地方，规避闲杂人等的打扰才对。

和我一起来的是同事六指。我们打理好尸体，一前一后把尸体往下抬。楼梯很陡，我们尽量控制着担架；楼梯很窄，每一个拐弯，我们的身子都是抵着墙壁往下挪，当然，窄也有窄的好处，我们还可以贴着墙壁吃住点劲。经过某一段楼梯时，我喊了一声家属，想让他们下来帮个忙，搭把手，但他们没有回应，当自己没听见。当然，这种事，家属一般是不想伸手的，他们的心里，牢固地筑着卫生和忌讳的防线，轻易不会动摇。按照习俗，他们要等我们把尸体放进车里后才会下来，才会跟我们回馆里办手续，这也没什么，我们也习惯了。但楼上的一个声音，又让我们羞愧了一阵，让我们顷刻之间感到无力。那个声音说："死人嘛，就是臭的嘛，死人难道会是香的吗？死了人才叫他们来嘛，要是活人我们叫他们干什么？真是的，抬死人的，还说这说那，还有这么多要求！"我知道，这声音就是出自那个"小官吏"之口，前面叫我们"脚儿"的是他，和我们接头说话的也是他，这会儿冷嘲热讽的还是他。我将这个声音记住了。

我也默默地记住了这具尸体。往常，我只关心化妆，只做好化妆，化妆好了，将尸体放进了恒温室，我的任务就完成了。但这次，我好像有点心神不宁了，好像觉得自己的事情还没有了结，还有一些情绪在涌动，在激荡。我关心着这个死者的告别仪式，在什么厅，在哪个时间举行；关心着这个尸体的火化，在哪个炉，是什么时候火化；这些，我只要到任何一台电脑上查一查，就一目了然了。那一天，我似乎也是昏了头了，被一种脾气和意气怂恿着，脑子里全是那些话，"赤脚的还怕穿鞋的""我是流氓我怕谁"。

那天上午，我本来也是没有事的，化妆工作安排在下午，但我早早地就到馆里去了，在心里酝酿着一件大事。我们这些人，平时都有一种天生的自觉和自律，在某些场合，在某些人群面前，会自我暗示，退后一点，尽量回避，生怕别人见了我们不舒服。但那天可不行。我先是在化妆室里坐着，又在登记的柜台上趴着，还在墙上的图表前站了一会儿，连开票的工友都看出了我的反常，说：你今天怎么了？吃错什么药了？神经兮兮的。我是神经兮兮的，我吃了枪药了。后来，看时间差不多了，我就到火化间那边去了，我知道那具尸体在哪个炉火化。再后来，我也不和火化师傅打招呼，就守在那个炉的轨道口，待那具尸体火化完毕，装好了骨灰，我抢先一步一把将那个骨灰盒抱在怀里。我们这些人，连尸体都不怕，骨灰盒就更没有什么好怕的。我对围在边上的那些家属说，你们家的长辈现在在我手里，要想领走可以，让那天叫我们“脚儿”的那个领导过来，向我们道歉，为什么叫我们“脚儿”，凭什么叫我们“脚儿”……

场面立刻就混乱了，吵闹的、谩骂的、劝解的都有。火化师傅也在一旁劝我拉我，但没有用，我已经完全昏了头了，箭在弦上不得不发，我已经撕破脸皮了。当然，那个场合也有正义，也有理解，边上有其他死者的家属声援我，说现在不是旧社会了，这样叫就是不对，应该道歉。后来的结局，大家肯定都猜得到，在这样的场合，这样的关头，那些家属当然也是好话说尽，那个“小官吏”不出来行吗，当然是乖乖地出来，乖乖地赔礼道歉。最后，一切又重新回归到正常的秩序上，该干吗干吗。

这件事很解气，工友们都说我好，宝贵老师也说我是硬骨头，说这事他也不敢这么做，被人揍一顿都有可能。我其实也思想斗争了好几天，最后让自己下定决心的是：我大不了丢了这个工作，再去修车，或干脆改做“一条龙”，饿不死的。

# 开　会

农历初一和十五，民间说是鬼出来活动的日子。这两天，翻翻皇历，也都是诸事不宜，不宜求官，不宜寻医，不宜动土，不宜搬家，不宜嫁娶、采纳、种植、置业、买田、掘井、安床、会客、诉讼，生意人连出门都避讳，不小心买好的车票、机票也要退掉。这些重要的事情都不宜，难怪丧事也不宜在这两天办理了。初一和十五，也是我们馆里开会学习的日子，这是馆长根据实际情况定下来的。一般的单位部门，都是周一开个碰头会，布置一下一周的事情，有时候每半个月也会开会小结一下，以便调整改进。我们馆里不是这样，一年三百六十五天，除了春节和国庆人们忙着休假，其他的日子，馆里几乎天天热闹，天天人来人往，唯有初一、十五，人们自觉地不谈丧葬事宜，也很少有人来馆里办事。就这样，初一和十五成了我们自己安排的日子。

别看我们做这样的工作，开会学习还是蛮认真的。

农历腊月十五，我们要开个全体大会。我们馆的工作人员很多，也很杂，前面已经说过，有公务员编制的，有事业编制的，有普通工人，有复员军人，有像我们这样的临时工，有社会上流转过来的从业人员，还有一些我们馆里的自己人。什么是自己人？就是在民政局下面的福利院长大的，也许是孤儿，也许是智力上有问题或肢体残疾，也许是性格上有缺陷，他们长大后，没有办法融入社会，就只好留在原来的系统里谋生了。我们化妆室总共有九个人，宝贵老师、我、六指、老白、魁星、烂糊克、老陈伯、阿松佬和金鸡独立，一听名字和绰号，就知道我们是一支什么样的队伍。

总之，我们是这样一个单位，这样一批“人微”又“位卑”的人，馆长平时也都是捧着我们、宠着我们，为我们美言、为我们点赞的，但开会学习他还是要抓的。往年的年底，馆长都会请我们到西州最好的五星级酒店里开会学习，用平时家喻户晓的婚宴大厅，摆酒店里档次最高的酒，我们济济一堂，二十多桌，一边开会，一边学习，一边吃酒。

我们平时不大有这样的欢庆活动，我们平时在外面也很忌讳出现在这样的场合，怕别人不舒服。但年底开全体大会那一天没关系，那一天大家都是自己人，没有高低之分，没有贵贱之分，谁也不会让谁难受，谁也没有比谁好多少，都是一帮难兄难弟，我们自己给自己取暖，自己给自己“过节”。在这个别样的场合，馆长不做总结，因为没有什么好总结的；他也不会刻意地表扬谁，因为大家的工作都好，都有难度；他更不会布置和设想今后的计划，因为今后都不是自己说了算的。馆长只念一条短信：

> 馆长你好，月有阴晴圆缺，人有旦夕祸福。在我的家人不幸离世之际，得到你及馆里员工的人性化服务，后事办得顺利而温暖，使得我们在茫然和生疏中没留遗憾，对你们工作的不易，我们深表感激，谨此致谢。

短信天天有，常常有，但这样的短信肯定是不大有的，每年也就是一条两条，像冬虫夏草一样珍贵。所以，馆长都会存起来，年底拿出来分享一下，像一般奖状的最后一句话，以资鼓励。

现在，大家都在抓行风建设，年会不能在五星级酒店这样的地方开了。但会总是要开的，学习也是很要紧的，馆长就把大家召集起来，在殡仪馆最大的那个告别厅里开会。在告别厅里开会，别人一定会觉得怪怪的，但我们觉得很正常，我们整天在这里进进出出，早已见怪不怪了。馆长神色凝重地告诉大家，我们单位也被纳入了地方的“万人评议”序列，评议由纪委和机关工委组织实施，评议结果与年终考核配套，与年终奖金挂钩。一旦与奖金挂钩了，各部门就会重视起来，评议组也会特别顶真。往年，也会有年终的例行检查，像我们这样的单位，大家都是心知肚明的，都会说好好好。但往后就不一样了，纳入了“万人评议”，还有待岗和淘汰机制，大家就不会客气了，虽然不会让我们淘汰待岗，但让馆长难堪一下，说你带兵无方，也是有可能的。而且现在还把我们归在“服务行业”一组。服务行业有哪些单位呢？有工商局、税务局、公安局、人力资源和社会保障局、土地管理部门等等，都是在行政中心有窗口、有行政职能、吃得香的单位，我们单位和它们在一起，明显就是弱势群体。前期，民政局已经在电视台做了“十大项目”完成情况的演讲，领导当场评点打分，这还仅仅是占了百分之三十的分数。日前，又把窗口部门都集中起来，就服务特色这一块，做了PPT展示，面对面厮杀，这也只占了百分之三十的分数。你说我们单位的业务做PPT有什么好看的，人家的PPT上都是笑脸服务的画面，展示各种服务特色、各项措施、各种创新，而我们有什么，都是些惨不忍睹的场面，大人小孩都不宜的镜头，再大的成绩也喊不出口号，再好的特色人家也忌讳不看，人家巴不得不来你这里享受服务呢。而另外百分之四十的分数，就是“万人评议”，背地里打分。这“万人”有些什么人呢？有人大代表、政协委员、各行各业的精英、社区居民等。这个分怎么打？家里没有人去世的，他怎么知道我们的工作？就算是经历过家人去世，心情也不会好，他哪有心思来评价你的工作，能打出高分吗？这太不公平了。我们本来就是个特殊行业，一个高危行业，列入这种评议，不是对我们的重视，而是对我们的挤压，会让差评有个去处，没什么地方可以给差评的时候，人们就会给我们差评。这不，这段时间，投诉也慢慢多了起来，这就是信号，是风向标。

馆长一边苦笑着，一边又无奈地列举着别人的投诉：

投诉一：有客户择了日期，要在某月某日为去世的家人举行告别仪式，但因为是好日子，时辰又好，这天要举行告别仪式的家庭也特别多，七个告别厅都是满满的，每个厅都排了五六个，确实排不下。客户投诉我们，硬件设施不够，没有急顾客之所急。（馆长解释，别的时间告别厅都很充裕，你非要挤在那个时辰里，我有什么办法。）

投诉二：有客户家人去世了，问了风水先生，说下午两点移尸最好。客户让我们那个时间去接收尸体。但我们馆里只有六辆车，一辆去凶杀案现场了，两辆去医院接收尸体了，一辆去交通事故现场了，还有两辆一大早就跑乡下了，还没有回来，车子安排不过来。顾客投诉，我们没有按他们的时间派车过去。

投诉三：有一天，门口的西曲路发生了交通事故。火车道口的栏杆忘了放，火车撞飞了汽车，整条路都堵死了，我们的车也开不出去。那天有几个接收尸体的任务被耽误了，遭到了顾客的投诉。（馆长解释，这一条投诉和前一条类似，看来我们馆里光有充足的接收车还不行，还要有直升机。）

投诉四：我们到某某医院去接收尸体，说是某楼某层几号床。到了医院找不到那幢楼，又没有人引导。我们在楼道里问询，医院就说我们说话大声，影响了病人休息。接收了尸体，医院又说我们走了公共电梯，吓着了病人和家属。（馆长解释，医院如果把我们当回事，专门搞个接洽部门不就得了，省得我们像无头苍蝇一样到处乱撞。）

投诉五：客户说，到殡仪馆送个人，停车还要收费，感觉很差，欺行霸市一样。（馆长解释，这都是什么时候的事了，这个人可能有几年没来我们馆里了。当初新馆征地，条件之一就是让农民来经营停车场，给农民当福利。现在馆里的停车费早就免了，但我们的代价是，另外花了四十万元去租附近农村的土地做停车场，补偿农民的损失。）

投诉六：还有人反映殡仪馆有烟尘。其实这也是老话题了，烟尘这个东西，看不见摸不着，只要你有火化炉，他就觉得你有烟尘。（馆长解释，今年我们又花了一百多万元，改善这些设备，只求在环保方面越来越好。）

投诉七：这是说我的，我也不认识那个客户，他来拉关系的时候，香烟满天飞，什么时候丢在我沙发上，我也不知道，事情办完了，他却说我索要香烟。（一个工友插话道，上次他凌晨两点去乡下接收尸体，忘了带烟，到了那边困死了，讨了一支烟抽，第二天就被举报了。）

投诉八：有人说我们馆里的LED屏幕太小，画面放起来不够气派，说这一块应该有个专门的人管起来。（馆长解释，我也希望搞得越大越好，但有这方面技术的人会来我们单位吗?）

投诉九：有人说我们的挽联写得倒是漂亮，就是有些繁体字看不懂。（馆长解释，我们每年要书写上万副挽联，为了这个，还专门送人去参加培训，跟书法名家学习，目的就是把挽联写得好看，看来书法也要与时俱进，不要光写繁体字，简体字写得好那才叫真好。）

馆长说，这些遭到投诉的情况其实都是可以解释的，但有谁来听我们解释呢？有投诉，就要被扣分；有投诉，就要上整改名单；有投诉，就要影响到大家的奖金；有投诉，我就要做检讨。你们说怎么办，你们都这么辛苦，这么委屈，这么自尊自爱了，还要让你们去面对这些，承担这些，我心里也过不去啊。说来说去，归根结底，还是因为我们单位不起眼，还是因为我们的工作没有受到重视。人们没有看到我们工作的特殊性。我一直说，我们不是一般的单位，我们承受了多大的社会压力和社会责任啊，我们既要处理好自己和家庭的关系，又要处理好自己和社会的关系。此话怎讲？我们平时是为死者及其家属服务，但关键的时候我们就是为社会服务，我们看起来是在料理尸体，实际上都是在给社会排忧解难。别的不说，就说西郊那个危楼倒塌事件，二十几个人被压得面目全非，这个时候，这些死者就不是死者啦，就是定时炸弹，就是谈判的筹码，所以，主管部门要求我们在第一时间把事情处理好。怎么处理好？就是不要让尸体滞留在现场，拉回来之后要赶紧清洗、整理。而重中之重就是要把尸体的惨状、对人的刺激减少到最低程度，这很要紧。所以，在承担社会责任和社会压力方面，我们是功不可没的。但怎样去衡量我们的工作呢？没有人会想到，没有人会上心。我们创建文明城市、创建卫生城市、创建历史文化名城，还有其他各种各样的建设，只要成功了，大家都有功劳，大家都付出了点点滴滴，大家都有锦旗。但我们取得的工作成绩没有人来肯定，甚至连个说法也没有，就算我们做了那么多的事情，但能给什么说法呢？怎么给我们锦旗呢？说我们接收尸体及时？说我们化妆化得漂亮？说司仪主持告别仪式时话说得动听？说你火化得又快又彻底？说纪念园环境优美价格优惠？不好说，说起来也不好听，很难用文字表现在锦旗上，总不能来一个“妙手回春”吧。但不管怎么样，这些工作我们还得做，没有锦旗我们也得做，不做不行。我们要是有一天不开工，想想看，那还得了，那就是置死人于不顾啊，那影响是很坏的，我们担当不起。

后来，馆长还说到了我。大家也都猜到了，我肯定会被投诉的，就是那次抱着别人骨灰盒不放的事件。馆长将此事通报给大家是让大家不要意气用事，要以良好的服务来树立自己的形象，而不是用手段去要挟家属。我被扣了半年奖金，但没有被停工，就像馆长说的，停工了没人干，停工了不得了。另外，馆里也给了我一个口头的没有钱的“委屈奖”。我每月工资三千元，平时家属送一些东西，还有加班费，合在一起也是可以的，不至于影响生活。对于馆里的决定，我当然只能欣然接受。

最后，馆长说，好了，话也说了，气也出了，还是要面对现实，还是要拜托大家把事情做好。早上把大家召集起来开会，到现在都还没吃饭，现在散会。大家都好久没有出去喝酒了吧？我们到食堂去会餐，放开来吃饭喝酒。

# 事　业

我最近听到不少关于馆里的信息。先说说好的，鼓舞人心的。最近馆里招考计算机操作员，报名的人超过了二十个。想当年，馆里想招个财务都没有人报名，好像馆里找出的钱、开出的发票，都是从死人兜里掏出来的。现在好点了，这样的观念慢慢地淡薄了，人们对这个地方也慢慢地理解了，不像以前那样“谈馆色变”。有消息说，西州市的职业技术学院也开设了现代殡仪艺术专业。还说有母亲得知女儿报的是殡仪专业后，打电话给女儿打气，说，你是我们家的骄傲。

我是个粗人，我对自己所做的工作没有什么讲究，那些接受也好，理解也好，尊重也好，说白了都是矫情。不接受、不理解又能怎么样，甚至吵架、刁难、侮辱，又能怎么样。你难道就不做了？不做就没饭吃了。你难道就撂挑子了，让家属自己动手？再不接受，再不理解，再不尊重，那也是别人的事，我还是希望我的业务越做越好，客户满意，我也能多一些收入，对家庭来说就是多一份贡献。

每个人对工作的理解不一样，精神压力也就不一样，承受和排解压力的能力也会不一样。馆长以及其他领导，他们是公务员，是做行政工作的，虽然都是在馆里，但毕竟没有直接接触尸体，没有亲自动手，他们的压力在于等，在于熬，熬到轮岗、升迁，他们就熬到头了，也就解脱了。有事业编制的同事又不一样，他们考进来就是为了编制，所以，他们基本上也都在管理岗位上，他们的无奈和尴尬是因为单位的名称，对外不好吹牛罢了。他们也要等，也要熬，等工作业绩，熬工作年限，有朝一日，条件许可了，他们也许就可以匀出去，调到一个好单位。他们和馆里的工人的区别是，他们有可能上进，但绝不会倒退。工人就没有办法了，他们从来也不会纠结，不会眼红，不会嫉妒，他们唯一的期盼就是稳定，就是细水长流。

工人想的是产品、产量、效益和收入。在馆里，什么是好产品？是好的化妆、好的告别仪式、好的火化，还是好的入葬？应该说，我们的产品就是服务，就是项目。产量和效益就让馆里很无奈，产量高就意味着死人多，这是谁也不愿意看到的。我们宁愿让产量低一点，越低越好。而事实证明，产量仍在不断地上升，自然死亡率虽然保持在一个相对稳定的状态，凶杀案或其他命案的数量虽然也有所下降，但疾病、事故、意外、自杀的死亡率一直是摁也摁不住的。效益在馆里只能理解为社会效益。这也是一个尴尬的话题，在人们对这项工作还存在着歧视、忌讳、不解、担忧的今天，所谓的效益也是打折扣的。而收入，对不起了，它只能建立在死人的基础之上。工人是没有什么好选择的，现实也容不得他们做出任何选择，工人不会去计较工作的性质，不会去抱怨工作的强度，在大环境、社会的普遍观念还没有改善之前，任何呼吁都是徒劳的，也是尴尬的。

不管人们对殡仪的看法如何，有没有改变，人总是会死，而且这是不以人的意志为转移的。因此，我们的工作还是要做的，停一天也不行，停一天就会有影响，甚至会造成巨大的影响。

老邱死了。你问哪个老邱？就是那个劳模老邱，在西州推行殡葬改革的老邱。他是老死的，也是病死的。他死得悄无声息，一开始大家都不知道。虽然他家人不事张扬，就像他平时的为人，但连馆里都不知道，系统内的人也不知道，这就说不过去了。怎么说他也是我们局里的人啊，也是和殡仪事业有关的人啊。在这个安平山，在这个村里，要是有人去世，要办丧事，我们都是有优惠的，甚至有优待，何况是老邱，一个对老馆、新馆建设有巨大贡献的人，在局里享受正处级待遇的人，按规定，他在告别仪式上是可以盖党旗的。局长去他家里征求意见，被老师母婉拒了，说怕给领导添麻烦。馆长去他家里，想好好地策划一下告别仪式，老师母说，算了，怕人话多。怕人话多是什么意思？老师母就说，老邱开始是得了糖尿病，因为东跑西跑，不注意休息，吃东西又没有讲究，后来从糖尿病发展到肾病，再后来脚也烂了，最后一星期要血透三次。老师母说，他病也就病了，死了也就算了，那是他的命，但偏偏有人说他的病是报应，说他把那么多人弄去火化了，这罪过还不重啊，是活该。其实他也是工作嘛，他也没有办法，市里任务这么重，他又在这个岗位上，他不负起责来怎么办？现在他死了，别人这样说他，我心里就很难过，很悲哀，但难过和悲哀又有什么用呢？只好安静一点，让他安安静静地走，火化掉，找个地方葬掉算了。

苗绣去当教练了，游泳教练。她在馆里的日子其实比谁都难受，真的是在煎熬。像我们，认这个工作，认自己的命，所以我们无所谓。她是为编制所累，她考的是化妆师的岗位，而事实上，她是不可能做化妆师的，那得要多大的能耐啊，要星辰大，要胆子大，要对尸体有感觉，还要上得了手，这可不是随便什么人都能做的，这就为难苗绣了。应该说，她在馆里的人际关系已经很好了，她的表现也很出色，但无奈，天时、地利、人和都帮不了她。她到馆里工作之后就每天洗澡，后来发展到每天游泳，她不是讲卫生爱清洁，她是心里有一个魔兽在作怪，心理上有障碍了，意识和身体就会有毛病。每天下班后，她就飞奔到少体校，春夏秋冬从不间断，那里有一个室内游泳池，是西州唯一全年都开放的游泳池。她其实也不是为了游泳，她就是想借着水扑腾一下，把自己身上的污秽和晦气涤荡掉。她的游泳技艺也因此突飞猛进，一口气游一千米没有问题。有一天，一个游泳教练看上了她，说你这么喜欢游泳，几乎每天都在这里，说我这里正缺人，你跟我一起办学习班得了。她说，我游得不好，我只是喜欢待在水里。教练说，我就差一个喜欢待在水里的人，你不需要游得好，你只需要把小孩看住，像赶鸭子一样。苗绣早就听说过西州的学习班现象，作文班、书法班、绘画班，各种班都有，就是办再多的班也不够，而且收入可观。苗绣心动了，就辞职了，什么编制，什么纠结的岗位，去他的。

火化间的李师傅也离开了。凭良心说，他是热爱火化事业的，他是馆里的元老，又是火化技术的顶梁柱。馆里的火化业务，不说他是从无到有的见证者，那也是从起步到成熟的亲历者。从烧煤时的炉腔改造开始，到现在的烧油烧气的管道设计，每一步发展都有他的智慧和心血。说实话，安平山一带的环境清洁，农民愿意接受殡仪馆，都离不开他的技术。我们都以为他肯定是爱馆如家的，肯定会在馆里待到退休，因为他还兼任副馆长，不仅拿职务工资，还拿技术补贴、营养补贴，谁都可以舍弃这个工作，只有他不会，只有他舍不得。但是，人总是有软肋的，他的软肋就是他的儿子。他儿子谈恋爱了，女朋友是西州一个私企老板的千金，正宗的富二代。西州经济活跃，民营企业昌盛，其中最大的一家就是做牛奶的，老板就是李师傅儿子未来的岳父。那个女孩也是喜欢李师傅儿子的，觉得他人品和才能都不错，高校毕业后在一家证券公司工作，就是未来公公的职业太难听——在殡仪馆上班的。女孩要求他给父亲做做思想工作，那什么事就不要做了，可以到她父亲集团里兼个什么职，真要是放不下这个炉那个炉的，集团里的锅炉多的是，食品行业，尤其是乳品行业，用到蒸汽、用来消毒的设备都和锅炉有关。李师傅儿子没办法，只得找父亲商量，没有说难听的话，也没有声嘶力竭，就心平气和地谈了两点：第一点，你的工作重要还是儿子的婚姻重要？第二点，就说烧什么炉吧，与其辛辛苦苦在馆里烧一辈子，还不如在未来亲家这边烧，迅速跨入富裕阶层，一步到位。李师傅不响了，确实没有什么可比性，也没有什么好纠结的，他心里的天平立即就倒向了儿子一边。李师傅只好对不起馆里了，放在任何地方，为了儿子，他的妥协都是可以理解的。

司仪素敏也走了，她现在在电台里谋事，做一个情感热线的主持。她先是去参加了一个演讲类的比赛，就是“你说我们听”之类的那种。她忧郁的气质，长期训练有素的声调，在追悼会和告别仪式中摸爬滚打培养出来的气场，立刻把听众和嘉宾给镇住了。她讲的是殡仪馆的故事，素材关乎人如何面对生命的最后一刻，如何临终告别，等等。这些故事的稀有性和神秘感，也吊起了听众和嘉宾的胃口。这类题材特别受追捧，故事还没讲完，已赚取了满满的印象分。有一个嘉宾说，虽然你说自己穿上了工作服就像是灵魂附体，但我们听来仍觉得你就是一个演讲天才，你窝在殡仪馆真是可惜了。我们可以给你高分，但我们要问你一句话，你参加了这样的比赛，又取得了不错的成绩，如果有一个相当可观的诱因，促使你跳出殡仪馆，你还会说你喜欢你的工作吗？这个，我们在打分时是要考虑进去的。素敏说，我喜欢我的工作，在亲人去世后，家属是最无助最困难的，我能够以我的服务，帮助他们渡过最后一个难关，同时又帮助他们建立起新的信心，使整个家族团结起来振作起来，对我来说是一个莫大的荣耀，我觉得没有什么工作比我所从事的工作更有意义了。另一个嘉宾则问了另外层面的一个问题，他说，绝大部分人都有可能漠视你的工作，或忌讳你的工作，人们的态度也是事出有因的，这个没办法，因为大家太不了解这个工作了，短时间里这种局面肯定不会改变，你能用最简单的话，概括你所做的工作或者所处的环境吗？至少让我们对其不那么抵触或害怕。素敏顿了顿，深吸了一口气，说，让我来给大家念一首诗吧，我平时喜欢读诗，也喜欢根据自己的心得改诗，这首诗是改自于一位诗人的作品：

我躺倒了，在洁白洁白的告别台上，
过期的祈祷，没能赶上我的念想，
不过也没关系，那边也一样有生活。
我想最好有一场大雨，
再冲刷一下，哪怕一小会儿也行。
一只偶尔经过的小鸟，衔来意外得到的草茎，
放在我的胸口，做花。
匆匆走过的人们，这才发现，
一切是那么的干干净净……

那次演讲秀让素敏大出风头，拿了很好的名次。后来不断有人过来挖她，有好的单位，也有高工资的企业，她最后还是走了。有一次，馆里的同事在路上碰到她，问她，在外面肯定很好吧？她讲了一句大实话，说，离开后再没有做过噩梦。

我已经在馆里做了十八年了，转眼间，我儿子也二十多岁了。一开始我也是糊里糊涂的，但做了也就做了，做什么不是做呢，做了又怎么样呢？对我来说，做得顺很要紧，做得久更要紧，要是隔三岔五没活干，有一顿没一顿的，像我们老家阉猪，一天阉九猪，九天没猪阉，总不是一件好事情。有人说，我这是在赚死人钱，也有人说，我这是在做善事。我没有想那么多，也没有想那么复杂，我想，大家都平和地看待、正常地看待我的职业即可。其实这就是一份工作，一份普普通通的工作，不过是我能够做，也适合我做而已。

我要对我爸妈说，对不起，我做不了什么大事。来西州的头几年，我想学个手艺，但只能混个半饱，一年也没给家里寄几块钱。现在做了这个，能维持好生活了，一个月还能匀出个三百五百的给你们，这是我最高兴的。关键是，我学了一门非常特殊的手艺，就算回到了老家，也不愁没有饭吃。再说句难听的话，等你们百年了，不用怕，也不用求人，我就可以把你们伺候得好好的。

我要对我老婆说，不好意思，让你过得很纠结，不自在，你已经对我很包容了。对于这份工作，我没有什么好说的，只想有一份稳定的收入，来减轻我们的家庭负担，让儿子女儿读个好学校。再退一步讲，当初我若是去民政局的敬老院，做临终关怀，给那些老人端屎端尿，你一定也会支持的，其实性质都是差不多，都是伺候和料理走到生命尽头的人，都是好事。

最后我要对自己说，你现在已经身在其中了，尽管有困难，但也不能撂挑子走人，那样你就对不起宝贵老师。如果今后做这工作的人多了，你一定得再选一份差事的话，那就选做“一条龙”吧，那个也许会压力小一点，时间好掌控一点，赚钱也更容易一点。

顺便，我也要对那些逝者的家属说，想着去世的亲人的时候，也想想我们。当看到死去的亲人漂亮了、体面了的时候，也想想这是我们工作的成果。

现在，我也在为我儿子的今后着想。他在网吧上班肯定不是个事，他整天待在家里也不是个办法，闲在家里很容易流到社会上去，现在的社会这么复杂。我想，他能有个正事就好，按时上下班，正常地吃饭睡觉，这样能培养他的纪律性，增强他的责任感。我知道，根据他平时的表现，他应该对我这个工作不排斥，他应该也有这个潜质。有一天，家里有事，他到馆里来找我，我正好在料理一个老太太的遗体，我给老太太化好妆，放进纸棺里，被子刚刚盖好，他就来了。老太太的体形本来就很小，寿终正寝后就显得更加小，脸上红扑扑的，爬满了精致的皱纹，看上去就像睡在被窝里一样。儿子就站在边上和我说话，一边说还时不时地看一眼老太太。他后来说，这一点也不像个尸体，像一个蜡像，像卡通片里的人物。他有这样的感觉，我是很高兴的，说明他很正常；他如果站在外面不进来，看见尸体一惊一乍的，那就没办法了。说句不好听的话，龙生龙，凤生凤，老鼠生崽打地洞，我就是想让他到馆里来，也做我的这个工作，不说子承父业，但至少解决了工作难题啊。后来我也问过他，对我这个工作的认识，他说这是积德。这话说得简单直接，我就长长地舒了一口气，真的很欣慰。

我想，他应该是想过这个问题的。等他决定了做这个工作，我就正式打报告给馆里。我知道，像这样的工作，馆里肯定是后继乏人的。而且，我也知道，馆里以前有过职工子女顶替父母工作的事。但是，馆长看了我的报告后，遗憾地告诉我，馆里现在还没有空缺的岗位，并且已经有好几个合适的人选在排队等候，要先把他们的工作安排好再说。

没想到这工作竟然这么热门。对外人来说，馆里的工作，无论好坏，都是忌讳的；而对我们来说，馆里的工作就是稳定，待遇也不错，我们就慢慢地等吧。